POUPÉE

PARKOUR POUPÉE

MONIQUE POLAK

la courte échelle

*Pour Pa, qui nous a appris
qu'il est normal de faire des
erreurs.*

M. P.

CHAPITRE 1

Florence tourna son poignet pour faire admirer le bracelet.

— C'est un Tiffany, lança-t-elle.

De l'autre main, elle désigna les minuscules lettres capitales gravées sur un cœur qui se balançait, accroché aux maillons d'argent : TIFFANY & CO.

— C'est *lui* qui me l'a offert, ajouta Florence, tout excitée.

— C'est *lui* ? s'étonna Gabrielle.

Florence détacha son bracelet et le lui passa au poignet.

— Ouah !

— Et ça aussi, poursuivit Florence.

Elle plongea un bras sous son lit et en sortit une boîte à chaussures. Elle retira du papier de soie une paire de chaussures à talons aiguilles en cuir verni noir.

Gabrielle retint son souffle une seconde.

— Ils sont tro-o-o-p sexy, finit-elle par dire. Avec quoi tu vas les porter ?

— Ma minijupe en jean. Je la portais le soir où on s'est rencontrés. Il dit qu'il m'a imaginée avec cette jupe quand il a vu les chaussures. Il dit qu'il pense tout le temps à moi.

— Il a dit ça ?

Assises en tailleur sur le tapis de la chambre de Florence, les filles discutaient. Dans un cadre argenté posé sur son bureau, le père de la jeune fille leur souriait. Il n'y a pas si longtemps, Florence et Gabrielle jouaient au Serpents et échelles et à la poupée Barbie sur ce même tapis rose pâle. Parfois, elles s'y amusaient tout l'après-midi : elles échangeaient des vêtements de Barbie, promenaient leurs poupées partout, et surtout, les faisaient tomber amoureuses.

À présent, c'était Florence qui était amoureuse. Elle avait un bracelet et des chaussures pour le prouver.

— Toi aussi, tu vas rencontrer quelqu'un. Je sais que ça va arriver, affirma Florence en regardant Gabrielle retirer le bracelet de son poignet. J'espère juste qu'il sera aussi formidable qu'Étienne.

Gabrielle soupesa le bracelet.

— Tu te souviens de ce que Mme Leroux nous a raconté à propos des bijoux quand on étudiait l'Égypte ancienne ?

Florence renversa la tête, ses cheveux blond clair tombant jusqu'au milieu de son dos, puis elle éclata de rire. Elle riait à sa façon : d'un rire profond et sonore.

— C'est la seule chose intéressante qu'on ait apprise de toute l'année : « Les fers que les maîtres faisaient porter à leurs esclaves sont les premières formes de bijoux », clama-t-elle d'une voix nasillarde, imitant celle de Mme Leroux. Je vais te dire une chose, ajouta-t-elle en roulant des yeux pour intensifier l'effet dramatique de sa déclaration : si Étienne me demandait d'être son esclave, j'accepterais.

— Flo ! s'écria Gabrielle, la mine consternée. On est amies depuis la garderie, mais je suis encore incapable de savoir quand tu plaisantes. C'était une blague, pas vrai ?

— Bien sûr, répondit Florence en éclatant de rire.

— Alors, quand est-ce que je vais le rencontrer ?

Gabrielle regarda Florence droit dans les yeux. Ils étaient du même bleu-gris qu'un ciel d'été avant l'orage.

Florence hésita.

— Bientôt, j'imagine. Peut-être même en fin de semaine. Ça dépend de son horaire.

Des bruits de pas se firent entendre dans l'escalier. Florence poussa aussitôt la boîte à chaussures sous le lit.

— Vite ! Cache le bracelet !

Gabrielle planqua le bracelet sous le lit, puis elle lissa de la main le couvre-lit ajouré. Elle attrapa le magazine *Cosmopolitan* qui traînait ouvert sur le plancher.

— Alors, Flo, comment tu trouves ce haut ? demanda-t-elle d'une voix forte.

— Mmmm...

Florence fit mine d'examiner un t-shirt alors que la page montrait une blonde à demi nue annonçant un parfum.

— Un peu trop décolleté, finit-elle par dire en adressant un clin d'œil à Gabrielle.

C'est sans surprise que les filles entendirent le toc-toc-toc de la mère de Florence sur la porte. Comme Sylvie Ouimet frappait avec la paume de la main, son alliance cognait sur le bois. Son mari était décédé depuis sept ans, mais elle continuait de la porter.

— Les filles, je sors, annonça-t-elle avec un grand sourire. J'ai laissé de la laitue, des tomates, des carottes et des tranches de fromage sur la table de la cuisine.

Depuis le début de l'été, elle s'était donné pour mission de faire avaler des légumes à sa fille.

— Alors, quels sont vos plans?

— On va regarder des magazines de mode, répondit Gabrielle.

Mais comme d'habitude, Florence avait d'autres plans bien plus excitants.

— Non! On sort aussi, annonça-t-elle en se levant d'un coup.

Elle avait les jambes aussi longues et aussi fines que celles d'une gazelle.

— T'inquiète pas, maman. On va manger des légumes, ajouta-t-elle de sa voix de bonne fille obéissante.

— Où allez-vous?

— Nulle part en particulier, répondit Florence en regardant sa mère droit dans les yeux. La cour d'école, le parc Girouard, peut-être l'avenue Monkland.

L'avenue Monkland était l'avenue principale du quartier Notre-Dame-de-Grâce. Quand les filles étaient enfants, l'avenue Monkland était une rue tranquille comptant à peine quelques boucheries, une taverne et une banque. Mais au cours des cinq dernières années, la rue s'était beaucoup développée. Deux cafés, un Starbucks et un Second Cup se disputaient les clients, et il y avait tant de bars et de restaurants qu'il devenait difficile de trouver une place de stationnement. L'été, les gens du quartier s'y baladaient surtout à pied, si bien que la rue se transformait en un genre de promenade de bord de mer. Il n'y manquait que la plage et les boutiques à souvenirs.

— Tu connais la règle : tu dois être rentrée avant la tombée de la nuit, rappela Sylvie en agitant son doigt en l'air.

Puis elle sourit à Florence :

— Te rends-tu compte de la chance que tu as d'avoir une mère qui se dévoue autant pour sa fille ?

— Tu parles ! répondit Florence avec un sourire forcé.

Sylvie se pencha pour déposer un baiser sur la joue de sa fille.

Florence roula des yeux.

— Comment ça va chez toi, Gabrielle ? demanda Sylvie.

— Oh, vous savez, c'est comme d'habitude. C'est papa qui reste avec nous cette semaine. Ce qui veut dire pizza et sports à la télé.

— Ça semble amusant, répondit-elle distraitement en refermant la porte de la chambre.

Les parents de Gabrielle étaient divorcés. Soucieux de ne pas perturber la vie de leurs filles, ils avaient décidé de passer chacun leur tour une semaine dans la maison familiale.

— Elle va méditer? demanda Gabrielle après avoir entendu la porte d'entrée se refermer.

— Elle fait juste ça… Et aller au bureau et à l'épicerie. Pathétique, tu trouves pas?

Florence troqua son short contre sa minijupe et enfila les chaussures à talons aiguilles. Les talons mesuraient près de huit centimètres de haut et faisaient paraître ses jambes encore plus longues.

— Qu'est-ce que t'en dis, Gab? demanda-t-elle en riant et en tournant sur elle-même sans perdre l'équilibre.

— Tu me fais penser à la ballerine du coffre à bijoux que je t'avais offert en deuxième année. Sauf que t'es pas mal plus sexy. Hé! Comment il a fait, Étienne, pour deviner ta pointure?

— Moi aussi, je me suis posé la question. Alors je le lui ai demandé. Tu sais ce qu'il a dit ? Qu'il est le genre de gars à faire attention aux détails. Génial, non ?

— Génial ? Mets-en !

— Gab, tu peux pas te promener en public avec ce jean effiloché. Essaie ça !

Elle tendit à Gabrielle une minuscule robe rose sans manches.

— Hé ! Ce serait pas ta robe préférée, par hasard ?

— Hé ! Tu serais pas ma meilleure amie, par hasard ?

— C'est pas vraiment mon genre, lâcha Gabrielle en tenant la robe devant son t-shirt blanc tout froissé.

— Tu peux pas le savoir tant que tu l'as pas essayée.

Florence émit un sifflement admiratif quand Gabrielle défila devant elle avec la robe. Le tissu moulait son corps à la perfection. Plus petite et moins en courbes que son amie, Gabrielle avait une silhouette athlétique et ferme. Le rose contrastait avec les boucles foncées qui balayaient ses épaules.

— Je sais pas trop… hésita Gabrielle en rougissant devant son image.

— C'est super beau! Allez, viens, le pétard de la soirée. C'est le temps de se maquiller!

Florence poussa son amie vers la commode couverte de produits de beauté et de parfums bon marché.

— Viens, on va aller se chercher quelque chose à manger, déclara Florence après qu'elles eurent fini d'appliquer sur leur visage crayon, ombres à paupières scintillantes et brillant à lèvres.

Une fois dans la cuisine, Florence s'empressa de vider le contenu du plat de légumes dans un sac en plastique.

— Si je le cache au fond de la poubelle, elle le saura jamais, dit-elle en ouvrant la porte d'armoire sous l'évier.

— Flo! soupira Gabrielle en secouant la tête. On pourrait au moins en manger quelques-uns, non?

Florence plongea la main dans le sac et en tira une poignée de bâtonnets de carottes soigneusement nettoyés. Elle en glissa un entre ses lèvres et fit semblant de le fumer. Elle tendit les autres à Gabrielle.

— Tiens, ta dose quotidienne de bêta carotène.

Puis elle sortit quatre tranches de pain multi-grain d'un sac dans le frigo :

— Laitue ou pas, dans ton sandwich au fromage ?

— Laitue, s'il te plaît. Flo, tu devrais prendre une assiette. Ta mère déteste les miettes.

— Avec toute la méditation qu'elle fait, elle va survivre. Viens, on va manger en chemin.

— Où est-ce qu'on va, au fait ?

— Tu verras quand on y sera.

— Ta mère a pas dit qu'elle voulait que tu sois rentrée avant la nuit ?

— Calme-toi, Gab, on a quinze ans, pas cinq. Et puis on est presque en juillet. Il fera pas nuit avant neuf heures et demie. Pense un peu à tous les mauvais coups qu'on aura le temps de faire d'ici là.

CHAPITRE 2

— Alors, tu l'as fait ?

Florence croisa les jambes. Ses talons aiguilles mettaient en valeur ses mollets bronzés et galbés. Gabrielle et elle étaient assises sur un banc en fer forgé installé en bordure de la cour d'école. Niché sous un énorme érable rouge, ce banc était un de leurs endroits préférés. Elles aimaient y venir, même si les classes étaient terminées depuis déjà deux semaines au collège des Saints-Anges, l'école que les filles fréquentaient depuis la première année du primaire.

Florence donna un coup de pied sur le sac à sandwich qu'elle avait laissé tomber par terre. Un vernis rouge vif recouvrait ses ongles d'orteils.

Gabrielle se pencha pour ramasser le sac avant qu'il ne s'envole dans l'air chaud du soir. Elle le plia en quatre et le glissa dans son sac à main.

— J'imagine que ça veut dire oui. C'est ça ?

Florence leva les yeux et affronta le regard de Gabrielle.

— OK, c'est bon. Oui, on l'a fait. Et c'était génial. Étienne Jean-Baptiste est génial. Il me fait me sentir géniale.

— Eh bien, c'est... C'est génial. Mais...

Gabrielle hésita un moment, puis poursuivit :

— Ça t'a fait mal ?

— Non... Bof, peut-être un peu... au début. Mais pas après. Non, je te l'ai dit, c'était génial.

— Où est-ce que vous l'avez fait ?

Gabrielle était surprise de voir que les questions lui venaient plus aisément. Elle se pencha pour cueillir un long brin d'herbe et le glissa entre ses lèvres.

— À son appartement.

— Il a un appartement ? s'écria Gabrielle en manquant de s'étouffer avec le brin d'herbe.

— Ouais. Au centre-ville. Sur Saint-Denis.

— Je suppose qu'il vit avec sa famille.

— Non.

— Flo, il a quel âge, ce gars-là ?

Florence pouffa de rire.

— Bon, commence pas à me juger, Gab. J'avais pas encore pris le temps de t'en parler, mais oui, Étienne est un peu plus vieux que nous.

— Quel âge il a ?

Gabrielle pouvait se montrer très tenace parfois.

— Il a vingt et un ans, répondit Florence en fixant Gabrielle comme pour la défier.

— Ça veut dire qu'il a six ans de plus que nous, déclara Gabrielle en tentant de ne pas hausser le ton.

— Gab, je le savais que tous ces devoirs de maths te seraient utiles un jour. Vingt et un moins quinze, ça fait six. Eh oui, Étienne a six ans de plus que nous, répéta Florence en roulant des yeux. Tu t'attendais quand même pas à ce que je tombe amoureuse d'un boutonneux de secondaire IV, non ? D'ailleurs, ajouta-t-elle en baissant la voix, il y a autre chose que je t'ai pas dit à son sujet.

— Quoi donc ?

— Il est haïtien.

Gabrielle poussa un sifflement.

— Tu fais l'amour avec un Noir de vingt et un ans ? Qu'est-ce que ta mère va dire de ça ?

— Rien… Parce que j'ai pas l'intention de lui en parler. Pourquoi perturber cette paix intérieure toute zen qu'elle met tant d'efforts à atteindre ?

Florence joignit les mains comme pour prier, inclina la tête, puis éclata de rire.

— Comment peux-tu être sûre qu'il se sert pas de toi ? demanda Gabrielle à voix basse.

— Je le sais. Je le sens, c'est tout, répondit Florence en repoussant du doigt une coccinelle qui s'était posée sur son coude.

— Avez-vous utilisé un condom ?

— Pour qui tu me prends ? Je suis pas stupide ! Bien sûr que oui ! Même que, maintenant que j'ai découvert le sexe, j'en garde toujours des dizaines sur moi. Au cas où.

Florence prit son sac à main sur le banc et le tendit à Gabrielle pour qu'elle y jette un coup d'œil.

— Tu vois ?

Florence pouffa de rire en voyant Gabrielle scruter l'intérieur du sac.

— Je… J'arrive pas à croire que t'es tombée dans le panneau ! parvint à dire Florence entre deux gloussements.

— Et ça, ça sert à quoi ? demanda Gabrielle en sortant une paire de menottes en métal du sac à main de Florence.

Florence avait oublié que les menottes s'y trouvaient.

— Eh bien, elles servent à… Enfin, tu sais…

— Me dis pas que ce sont des Tiffany elles aussi, plaisanta Gabrielle.

Elles manquèrent toutes deux de tomber tellement elles riaient.

— J'ai autre chose là-dedans, déclara Florence en s'emparant du sac à main que Gabrielle avait encore sur les genoux.

Elle plongea une main dans le sac et en sortit une bombe de peinture en aérosol. Elle secoua le contenant de haut en bas tout en fixant le panneau installé près de l'entrée de la cour : Collège des Saints-Anges.

— Tu sais que tu peux te faire arrêter pour ça ?

Soit Florence l'ignorait, soit elle s'en fichait... Elle courut en direction du panneau, la bombe de peinture bien en main, prête à passer à l'action.

La peinture était du même rouge que le vernis à ongles de ses orteils. Étalée sur le panneau, on aurait dit du sang. « LES ANGES SONT », écrivit Florence en grosses lettres épaisses qui semblaient se mêler les unes aux autres.

Elle tendit ensuite la bombe à Gabrielle, qui l'avait rejointe à la barrière.

— C'est toi qui écris la fin !

— T'es folle ou quoi ? s'exclama Gabrielle en repoussant la bombe de peinture.

— Essaie! Essaie donc! insista Florence en for-
çant Gabrielle à prendre le contenant de peinture.
Juste pour voir ce que ça fait.

Elle appuya sur le doigt de Gabrielle qui était
placé sur le bouton. Gabrielle laissa échapper un
petit rire quand un gros trait de peinture rouge
jaillit de la bombe et atterrit à ses pieds en une
flaque gluante.

— OK. Ça y est. J'ai essayé.

— Non, t'as pas essayé. Continue. Finis-la,
ordonna Florence en désignant la phrase qu'elle
avait commencée à écrire.

Gabrielle s'exécuta. Quand elle eut fini, elle
s'éloigna du panneau pour admirer son œuvre.
Une phrase apparaissait maintenant sous les mots
Collège des Saints-Anges : LES ANGES SONT
MORTS.

CHAPITRE 3

— On y travaillera encore un peu demain.
Je te le promets.

Anna gémit:

— Tu dors tous les soirs chez Flo, se plaignit-
elle à sa sœur, qui rebouchait un pot de colle
blanche. Maintenant, je suis obligée de regarder
le golf à la télé avec papa.

— Tu sais, tu peux continuer le collage sans
nous, lui suggéra Florence.

Anna fit mine de bouder.

Dans le salon chez Gabrielle et Anna, les trois
filles travaillaient à un collage de vieilles photos
de famille et de cartes postales des lieux que les
deux sœurs avaient visités: New York, Banff et
Fort Lauderdale. Elles avaient fait ce voyage il y
avait de cela deux Noëls... Juste avant la séparation
de leurs parents.

— En passant, précisa Florence, elle dort pas
tous les soirs chez moi.

— C'est l'impression que ça donne en tout cas, répondit Anna.

Florence ne trouva rien à répliquer.

Anna – dont le vrai nom était Annabelle – avait les mêmes cheveux bouclés que Gabrielle, mais les siens étaient blonds et plus souples. Malgré ses douze ans, ses seins qui commençaient à se former et ses hanches qui s'épanouissaient, Anna avait encore un visage de bébé.

Gabrielle se leva du canapé et tira au passage sur l'une des boucles blondes d'Anna. La mèche reprit sa place en rebondissant quand elle la lâcha.

— Bonne chance pour le golf!

III

— J'ai loué trois DVD: *Clueless, Magie noire* et *Save the Last Dance*.

Florence prit soin d'énumérer les titres des films d'une voix forte tandis que Gabrielle et elle entraient dans la maison. Elle fit un clin d'œil à son amie.

— Bonjour, les filles! lança la mère de Florence depuis la cuisine. Que diriez-vous de souper tôt, toutes les deux? J'ai pensé faire des burgers aux haricots noirs et une…

— ... salade, termina Florence.

C'était facile de compléter les phrases de sa mère.

— Bonne idée, maman. Ça va nous donner plus de temps pour notre marathon de films.

— Je suis tellement contente de savoir que vous restez ici toutes les deux ce soir, déclara Sylvie.

Elle chantonnait en brassant les haricots noirs sur la cuisinière.

— J'ai déjà lu que les heures de sommeil avant minuit comptent double, reprit-elle. Et puis comme je vais à mon *satsang* demain matin à la première heure, je dois me coucher tôt. Vous n'auriez pas envie de m'y rejoindre dans la matinée, par hasard?

— C'est quoi un *satsang*? demanda Gabrielle en suivant Florence dans la cuisine.

La photo d'un gourou souriant et arborant une barbe qui lui descendait quasiment aux genoux était affichée sur la porte du réfrigérateur.

— Littéralement, ça signifie «la compagnie des saints». C'est en sanskrit, répondit Sylvie. Pendant nos matinées *satsang* du dimanche, on chante et on médite. Puis on assiste à une leçon de spiritualité et on boit du thé indien.

— Je me demande pourquoi ils appellent ça du thé. Ça ressemble plus à du lait indien... avec un peu de thé dedans, commenta Florence. On adorerait y aller, maman, vraiment, mais... Peut-être la prochaine fois.

— D'accord, peut-être la prochaine fois.

Après le souper et une énième discussion au sujet des exercices de méditation de Sylvie, Florence conduisit Gabrielle à l'étage.

— J'ai quelque chose à te montrer, chuchotat-t-elle en tirant son amie par le bras.

Dans le lit de Florence gisaient deux trucs assez difficiles à décrire. Deux formes indistinctes allongées côte à côte. Florence avait fourré sous les draps un tas de t-shirts et de chaussettes pour simuler des corps.

— Ça, c'est moi, déclara-t-elle en désignant la forme près de la porte. Toi, tu es là. Tu aimes tes cheveux?

Gabrielle poussa un petit cri étouffé en constatant que Florence avait entassé plusieurs paires de collants noirs près de la « tête » de la deuxième forme. Il fallait reconnaître que le résultat ressemblait vraiment à la chevelure de Gabrielle.

— Très amusant, mais ta mère tombera jamais dans le panneau.

— Bien sûr qu'elle va tomber dedans. Surtout qu'il fera nuit et qu'elle jettera à peine un coup d'œil, comme elle le fait toujours. Et viens voir ça, ajouta-t-elle en poussant Gabrielle vers la fenêtre.

Florence fit glisser la moustiquaire jusqu'à ce qu'elle soit complètement ouverte.

Gabrielle passa la tête derrière les rideaux et se pencha au-dehors. L'air y était aussi chaud et sec que dans un four.

Florence mit le nez dehors à son tour et désigna des fleurs fuchsia.

— Quoi, les roses? fit Gabrielle. Elles sont roses. Et très jolies.

— Pas juste jolies, tu sauras. Ce sont des rosiers *grimpants*. Et regarde sur quoi ils grimpent.

— Un treillis, observa Gabrielle. C'est nouveau?

— Ouais. On avait un vieux machin en bois. Ma mère l'a fait remplacer hier par un nouveau treillis en fer forgé. Une de ses amies du centre de méditation tient une jardinerie, expliqua-t-elle.

Puis elle enjamba le rebord de la fenêtre et entreprit de descendre.

— Qu'est-ce que tu fais? s'écria Gabrielle.

— Veux-tu bien parler moins fort?

En se servant du treillis comme d'une échelle, Florence descendit jusque dans la cour. Lorsque ses pieds touchèrent l'herbe, elle regarda vers la fenêtre où se tenait Gabrielle et leva le pouce en l'air. Puis, comme si elle participait à une course d'obstacles, Florence regrimpa jusqu'à la fenêtre de sa chambre.

— Pas mal, hein ? demanda-t-elle sans même reprendre son souffle.

— Mais Florence, et si ta mère...

— Et si ceci... Et si cela... Écoute Gabrielle, arrête avec tous tes « et si ». Ça commence à te gâcher la vie... et notre amitié. D'ailleurs, c'est toi qui voulais rencontrer Étienne, pas vrai ?

— Ouais, ouais, répondit Gabrielle, mais si...

Elle s'arrêta net.

Florence lui fit un grand sourire.

— Penses-y, dit-elle. Plus besoin de rentrer avant la nuit. Plus jamais.

CHAPITRE 4

— Tiffany! lança une voix mielleuse depuis la piste de danse.

La voix était celle d'un grand gaillard aux épaules larges et à la peau couleur chocolat. Il dansait le *Harlem Shake*. Ses genoux pointaient vers l'avant tandis que ses épaules roulaient vers l'arrière au rythme de la musique.

— Tiffany! appela-t-il encore.

Il avait le crâne rasé et portait un pantalon kaki ample à taille basse, assorti d'une camisole blanche très moulante.

Le rire de Florence résonna contre les murs de la salle.

— J'ai oublié de te dire qu'il m'appelle Tiffany, gloussa-t-elle.

Elle prit Gabrielle par la main et se fraya un chemin à travers la foule compacte jusqu'à Étienne. Un groupe de gars l'entourait et le regardait danser. Le cercle s'ouvrit pour laisser passer Florence... ou Tiffany.

Gabrielle s'avança jusqu'au bord de la piste de danse, puis s'arrêta pour réajuster sa robe.

L'endroit était plein même s'il était trois heures du matin. Les habitués – la plupart d'entre eux avaient la vingtaine – riaient, dansaient et buvaient de l'eau ou des boissons sans alcool. Les boîtes de nuit qui restaient ouvertes après l'heure de fermeture des bars n'ayant pas le droit de vendre de l'alcool, elles vendaient de l'eau en bouteille et des boissons énergisantes. Il était facile de se procurer de la drogue auprès des clients de l'endroit, comme Florence l'avait expliqué à Gabrielle en chemin.

De l'extérieur, Le Sous-sol – c'était le nom de l'établissement – ressemblait à un appartement en demi-sous-sol typique de l'ouest de l'avenue Monkland. Un escalier menait à une porte en aluminium située plus bas que la chaussée, et les fenêtres étroites étaient renforcées de barreaux en acier. C'était l'intérieur qui rendait l'endroit attirant.

Tout y était noir ou chromé, et même les conduits qui couraient au plafond brillaient dans l'obscurité. Les murs étaient couverts de tentures en satin noir qui ondulaient au passage des clients. Il n'y avait pas de mobilier, à part la cabine en verre du D.J. et un long bar en granit noir qui occupait tout le fond de la boîte de nuit.

Avec tant d'animation, il était difficile de croire que presque tout Montréal dormait. À peine une demi-heure plus tôt, Florence et Gabrielle dormaient, elles aussi. Elles s'étaient assoupies pendant le troisième film et la deuxième ration de maïs soufflé bio. Par chance, Florence avait réglé l'alarme de son réveil pour deux heures et demie.

— Pourquoi il faut qu'on sorte aussi tard ? Enfin… aussi tôt ? avait demandé Gabrielle en se frottant les yeux.

— Étienne travaille jusqu'à deux heures du matin. L'horaire est nul, mais il gagne beaucoup d'argent comme garde de sécurité, avait répondu Florence.

Elle avait remonté la fermeture à glissière de sa petite robe noire – le plus récent cadeau d'Étienne – et avait examiné son reflet dans le miroir.

III

La musique jouait à plein volume, et Étienne entourait Florence de ses bras. Ils dansaient en remuant le bassin d'une manière très suggestive. Leurs corps étaient si près l'un de l'autre qu'il était difficile de les distinguer. Étienne avait glissé une jambe entre les cuisses de Florence, et tous deux ondulaient au rythme de la musique.

Gabrielle les observa pendant quelques secondes, puis elle baissa les yeux et fixa le plancher. Son visage était cramoisi.

— T'es une amie de Tiffany? lui demanda un homme.

— Euh, ouais, répondit Gabrielle en se tournant vers lui.

Ses cheveux foncés étaient séparés au milieu par une raie bien nette, et il portait un complet à fines rayures. Il semblait plus âgé que la plupart des clients de la boîte de nuit.

— Je m'appelle Henri. Et toi, tu t'appelles… demanda-t-il encore en lui prenant une main.

— Gabrielle, répondit-elle en le laissant faire.

Ses doigts étaient froids.

— Vous êtes un ami d'Étienne? demanda-t-elle à son tour en retirant sa main.

— Bien sûr. Il m'a déjà présenté à quelques-unes de ses… amies.

— Je devine qu'il a beaucoup d'amis, fit remarquer Gabrielle en jetant un coup d'œil aux jeunes hommes qui entouraient Florence et Étienne.

— C'est vrai qu'il est populaire, lâcha Henri avec un petit rire. Sais-tu danser comme Tiffany?

Gabrielle sentit le regard d'Henri peser sur elle. Il s'attarda d'abord à son visage, mais descendit rapidement vers ses seins. Elle croisa les bras sur sa poitrine.

— Je suis pas une très bonn...

Henri n'attendit pas la fin de sa phrase. Sans même la saluer, il se leva et se dirigea vers la cabine du D.J., derrière le bar.

Sur la piste de danse, Florence agita un bras.

— Viens, Gab!

En avançant jusqu'au centre de la piste de danse, Gabrielle sentit plusieurs paires d'yeux posés sur elle. La musique était si forte qu'elle sentait le rythme battre jusque dans sa poitrine.

— J'imagine que tu es Étienne, dit-elle en souriant timidement au jeune homme.

C'était plutôt difficile de serrer la main d'un gars qui était occupé à danser avec une fille.

— Gabrielle... se contenta de dire Étienne.

Pendant un instant, il planta ses yeux bruns dans les siens.

— Tu t'amuses? lui demanda Florence. Tu veux danser avec nous?

— Je pense pas, non, répondit Gabrielle en roulant des yeux à l'intention de son amie. T'inquiète pas pour moi. J'aime pas trop danser... Je préfère regarder. D'ailleurs, j'ai soif.

— Comme ça, ton amie préfère regarder? répéta Étienne en promenant ses doigts sur le décolleté arrondi de la robe de Florence.

— Oh, Étienne!

Florence agita son index en l'air, puis le déposa au milieu de la lèvre inférieure du jeune homme.

Gabrielle retourna au bar. Elle tenta de projeter ses épaules vers l'arrière comme Florence le faisait lorsqu'elle traversait une salle bondée, mais elle ne réussit à tenir la pose que quelques secondes.

— Une bouteille d'eau, s'il vous plaît, commanda-t-elle au barman.

Elle dut hurler pour se faire entendre malgré la musique.

— Sept dollars, dit-il en lui tendant une petite bouteille d'eau en plastique.

— Sept dollars! s'écria Gabrielle en fouillant dans son sac à main.

— Ouaip! répondit le barman le regard vide.

— Moi aussi, je vais prendre de l'eau. Merci,

Philippe, dit une femme en laissant tomber un billet de vingt dollars sur le comptoir de granit.

Elle s'approcha de Gabrielle et lui dit :

— On nous arnaque vraiment avec l'eau, dans ce genre d'endroits.

La femme était mince et avait de longs cheveux blond vénitien. Elle avait un joli visage, mais les cernes sombres sous ses yeux lui donnaient un air fatigué, exténué même, comme si elle avait fêté trop tard trop souvent.

— Étienne aime bien ton amie Tiffany.

La femme parlait d'une façon aussi décontractée que si elle commentait le temps qu'il faisait.

— Ça fait un mois qu'ils sortent ensemble, dit Gabrielle.

— Qu'ils « sortent ensemble » ? répéta la femme.

Elle était en train d'appliquer un rouge à lèvres mauve. Une teinte qui ne conviendrait pas à la plupart des femmes, mais qui lui allait bien.

— C'est lui qui a acheté la robe qu'elle porte en ce moment.

— Ça me surprend pas.

La femme tira une longue bouffée de sa cigarette, puis rejeta trois cercles de fumée en l'air.

— J'aurais dû me présenter. Je m'appelle Hélène.

— Enchantée. Moi, c'est Gabrielle.

Au loin, Gabrielle aperçut Florence et Étienne, qui se dirigeaient vers le fond de la salle. Il avait passé son bras autour de sa taille. Les tentures ondulèrent lorsqu'ils disparurent derrière.

— Comment est Étienne ? Plutôt gentil ? demanda Gabrielle.

— C'est quelqu'un de très gentil, répondit Hélène. Toutes les femmes craquent pour lui.

— Vraiment ?

Hélène appuya ses coudes sur le bar et se pencha en avant. Son bustier noir très moulant laissait entrevoir le haut rebondi et pâle de ses seins.

— Je le sais, murmura-t-elle. Moi aussi, un jour, j'ai craqué pour lui.

CHAPITRE 5

— Qu'est-ce qui se passe, bébé ? Dis-moi... demanda Florence.

Étienne n'avait pas l'air dans son assiette. Évidemment, il semblait ravi de la voir et s'était collé contre elle sur la piste de danse devant tous ses amis, mais Florence sentait que quelque chose clochait. Ses yeux – elle adorait ses yeux – ne brillaient pas comme d'habitude. Ils avaient perdu leur éclat.

Quand il lui avait chuchoté à l'oreille qu'il devait lui parler en privé, Florence s'était sentie soulagée. Dès leur première rencontre, Étienne avait insisté pour tout savoir à son sujet. Elle lui avait parlé de son père, qui lui manquait terriblement, et de son rêve de devenir designer de mode.

En revanche, tout ce que Florence savait à propos d'Étienne, c'était qu'il travaillait comme garde de sécurité... et qu'il était fou d'elle. En fait, c'était seulement maintenant qu'elle prenait conscience que dès qu'Étienne ouvrait la bouche, il parlait surtout d'elle… et de ce qu'il ressentait pour elle. Non pas que cela ait ennuyé Florence. L'une des choses qu'elle aimait le plus chez lui, c'était sa grande aisance à exprimer ses sentiments. Il savait comment la faire se sentir importante. Comme si ce qu'elle disait méritait vraiment d'être écouté.

Peut-être Étienne était-il enfin prêt à s'ouvrir à elle et à tout lui révéler de lui ? Cela les rapprocherait encore plus, même si Florence avait du mal à imaginer qu'on puisse être plus près de quelqu'un qu'elle ne l'était d'Étienne à ce moment précis.

Florence était assez mature pour savoir que tout le monde avait des ennuis dans la vie, même les gars cool comme Étienne. Quel que fût son problème, elle voulait être là pour lui.

Florence se rendit compte que, même s'ils ne sortaient ensemble que depuis un mois, elle était totalement accro à Étienne. On aurait pu lui dire n'importe quoi, Florence s'en fichait. Elle savait que c'était un signe qu'Étienne et elle étaient faits l'un pour l'autre. Bien sûr, elle pouvait toujours compter sur Gabrielle, mais avoir un amoureux, c'était différent. Elle se sentait plus mûre depuis qu'elle sortait avec Étienne. Plus importante. Et, plus que tout, elle se sentait aimée.

L'occasion de le soutenir dans une épreuve qui semblait le bouleverser se présentait enfin. Elle était certaine que si elle réussissait à l'aider, il l'aimerait encore plus. Juste d'y penser, Florence sentit de petits frissons lui parcourir l'échine de haut en bas. À vrai dire, elle avait très hâte d'entendre ce qu'il avait à lui confier. Elle sourit de tout son être en levant les yeux vers son visage défait.

Toujours derrière les tentures de satin noir, Florence pressa ses lèvres contre celles d'Étienne. Elle s'imprégna de son odeur, une odeur virile qui lui rappelait celle du cuir, des oranges et de la cannelle. Son odeur, c'était sa maison à elle. Pas une maison comme celle qu'elle partageait avec sa mère, mais celle de son cœur.

Étienne émit un grognement et la repoussa doucement.

— J'peux pas, lâcha-t-il d'une voix basse et bourrue qu'elle ne lui connaissait pas.

— Tu peux pas ?

Elle tenta de l'embrasser, mais Étienne résista et continua à fixer le mur droit devant lui. Ils étaient dans un petit réduit qui servait d'entrepôt.

Des bouteilles d'eau et de boissons énergisantes jonchaient les tablettes.

— Qu'est-ce qui se passe, bébé? demanda encore Florence.

Sa voix était douce, mais en elle, une sorte de panique s'insinuait. Sa gorge se serra et sa respiration s'accéléra. Elle n'avait jamais vu Étienne dans cet état. Elle était habituée d'avoir toute son attention, aussi ce changement brusque d'attitude était-il un choc. Elle eut l'impression de perdre quelque chose de précieux.

Quand Étienne se remit à parler, les inquiétudes de Florence s'envolèrent.

— Tiffany, susurra-t-il de sa voix de velours dont elle était tombée amoureuse dès leur première rencontre, j'ai tellement besoin de toi.

— Moi aussi, j'ai besoin de toi, bébé, dit-elle en cherchant sa bouche de ses lèvres.

Cette fois, il lui retourna son baiser. Mais ce ne fut qu'un court baiser. Il n'explora pas l'intérieur de sa bouche avec sa langue comme il le faisait d'habitude.

Florence se blottit contre Étienne et se berça au rythme de la musique qui leur parvenait, assourdie, depuis l'autre salle.

— Veux-tu qu'on rentre chez toi ? lui murmura-t-elle en glissant ses doigts sous sa camisole et en traçant un petit cercle sur son ventre, juste sous ses côtes.

Étienne posa sa main sur ses doigts et répondit :

— Pas ce soir. J'suis trop énervé.

— Mais qu'est-ce qui se passe, Étienne ? Tu dois me le dire.

— J'peux pas, répondit-il en se détournant d'elle. C'est quelque chose que j'dois régler moi-même.

C'est alors que Florence remarqua ses larmes. De minuscules gouttelettes firent luire les coins des yeux d'Étienne, là où sa peau était plus pâle. Ne l'ayant jamais vu pleurer, elle ne put s'empêcher d'être ravie de constater qu'ils se rapprochaient enfin. Étienne lui laissait voir qui il était vraiment.

— Oh, bébé ! soupira-t-elle.

Pendant un instant, elle craignit de se mettre à pleurer elle aussi. À présent, ils formaient véritablement un couple tous les deux.

Étienne essuya ses larmes avec le dos de sa main.

— C'est trop dur. J'peux pas t'le dire, murmura-t-il. J'me suis jamais senti aussi mal de toute ma vie.

— Y a rien de trop dur. Tu peux tout me dire, insista Florence. Ça aide de parler. Je le sais, je t'ai déjà parlé de choses qui me rendent triste. De mon père, par exemple.

Étienne hocha la tête comme s'il réfléchissait à ses paroles. Puis il leva les yeux au plafond.

— J'ai des ennuis, Tiffany. De gros ennuis.

— Quel genre d'ennuis?

Elle allait l'aider, quelles que soient ses difficultés.

— Écoute, j'sais que c'est stupide de ma part, mais j'dois d'l'argent. Beaucoup d'argent.

— Vraiment? Je croyais que tu gagnais un bon salaire.

Florence posa les yeux sur sa nouvelle robe, son bracelet Tiffany et ses chaussures à talons aiguilles.

— C'est à cause de tous les cadeaux que tu m'as offerts?

— Mais non, Tiffany, répondit-il en balayant une mèche de cheveux du visage de Florence. Tout ça, tu l'mérites… et plus encore. Non, j'dois d'l'argent à un type.

— Quel type?

— Il s'appelle Richie. C'est un bassiste de New York. J'l'ai rencontré au casino. On jouait au black jack, puis...

La voix d'Étienne se brisa.

— Combien d'argent tu lui dois?

Florence avait deux cents dollars dans son compte d'épargne. Si Étienne en avait besoin, elle les lui prêterait. Elle les lui donnerait, même. Elle irait à la banque dès le lendemain matin.

— Quelques milliers, répondit Étienne en fixant ses chaussures.

Florence étouffa un petit cri. Elle sentit qu'Étienne avait honte de ce qu'il avait fait. Mais n'importe qui aurait pu commettre la même erreur.

—Je pourrais te donner deux cents dollars. Tu sais que je ferais n'importe quoi pour toi.

Étienne lâcha les doigts de Florence et laissa tomber ses bras de chaque côté de lui. Florence se remit à tracer des cercles sur son ventre, mais plus bas cette fois, jusque sous son nombril.

Étienne gémit doucement.

— Y a une chose, mais... j'peux pas te d'mander d'faire ça.

— Quoi donc ? Dis-moi, insista Florence.

— Non, Tiffany. J'peux pas. Crois-moi.

— Étienne ! Tu dois me le dire !

— C'est Richie… commença Étienne en plongeant son regard dans celui de Florence. J'lui ai dit à quel point t'étais superbe et il… Y voudrait passer une soirée avec toi.

Florence s'esclaffa.

— Une soirée ? Mais pourquoi je passerais une soirée avec Richie ? Je sors avec toi.

Étienne ne répondit pas. Le silence qui planait au-dessus d'eux était presque palpable. Étienne ouvrit la bouche pour parler, puis se ravisa. Enfin, il prit une grande respiration, s'empara de la main de Florence, la posa sur son cœur et murmura :

— Y serait tellement heureux d'sortir avec toi, juste une fois. Y a dit qu'il effacerait ma dette si t'acceptais.

CHAPITRE 6

— Le nouveau *Cosmo* vient juste d'arriver par la poste. Tu viens chez moi, ou je vais chez toi? demanda Gabrielle au bout du fil.

— Je peux pas cet après-midi, répondit Florence.

— Il y a un article sur vingt-cinq trucs infaillibles pour que ton amoureux en redemande, expliqua Gabrielle en pouffant de rire.

— Je t'ai dit que je peux pas. Je dois rendre un service à Étienne.

— Quel genre de service?

Florence fit comme si elle n'avait pas entendu la question.

— Je t'appelle plus tard. Promis.

— J'imagine que ça signifie que je vais passer le reste de l'après-midi à aider Anna avec son collage. Je pourrais toujours découper des images dans le nouveau *Cosmo*…

— Penses-y même pas! siffla Florence avant de raccrocher.

III

Florence était forcée de le reconnaître : Richie était drôlement mignon. Il avait les cheveux blond cendré attachés en une longue queue de cheval, des yeux verts qui lui rappelaient ceux de son chat et une belle peau au teint cuivré. Il l'attendait à la station de métro Villa-Maria dans un cabriolet bleu. Exactement comme Étienne l'avait dit.

C'était Étienne qui avait eu l'idée de la station Villa-Maria comme point de rencontre. Il voulait éviter que la mère de Florence ou des voisins se mettent à commérer.

— T'es superbe, déclara Richie en émettant un sifflement lorsqu'elle se glissa dans la voiture qui embaumait l'eau de Cologne luxueuse.

Florence sourit. Qui n'apprécie pas un compliment… surtout lorsqu'il vient d'un homme séduisant au volant d'un cabriolet ?

Elle portait sa petite robe noire. Cela aussi, c'était l'idée d'Étienne. « Arrange-toi pour lui faire plaisir », lui avait-il murmuré à l'oreille en l'embrassant, juste avant de la quitter, à la boîte de nuit.

La robe – tout comme les chaussures à talons aiguilles qu'Étienne lui avait offertes – la faisait se sentir irrésistible. Quel était ce mot si fréquent dans les romans à l'eau de rose ? Ah oui, ravissante. C'était ça ! Florence se sentait *ravissante*. Elle ne s'offusquait pas que Richie la déshabille du regard. À vrai dire, cela lui plaisait assez. Elle avait l'habitude d'attirer le regard des hommes, et chaque fois elle avait le sentiment d'avoir un pouvoir magique sur eux.

Ce fut le sifflement de Richie – clair et haut perché, semblable à un chant d'oiseau – qui lui mit la puce à l'oreille.

— J'arrive pas à le croire ! s'exclama Florence. Vous êtes Richie Taylor du groupe Sweet Innocence, pas vrai ?

Elle s'imaginait déjà en train de raconter ça à Gabrielle. Depuis la sixième année, elles se pâmaient toutes les deux devant sa photo dans les magazines. Elles avaient remarqué que, d'une photo à l'autre, il posait toujours avec des femmes différentes. Toutes étaient blondes, avaient de très longues jambes et portaient des jupes courtes.

— J'suis toujours ravi de rencontrer une nouvelle admiratrice, répondit Richie.

Il prit la main de Florence et la mena jusqu'à ses lèvres pour y déposer un baiser. Sa barbe de quelques jours effleura le bout de ses doigts. Florence respira profondément.

Tandis qu'ils s'engageaient sur l'autoroute en direction du centre-ville, Richie fit vrombir le moteur de la voiture.

— Alors, Tiffany, ça te dirait qu'on aille manger quelque chose ?

Avec le bruit des autres voitures qui filaient et celui du vent qui fouettait la sienne, il avait dû hausser la voix pour se faire entendre.

Florence avait dîné trois heures plus tôt en compagnie de ses campeurs. Gabrielle et elle travaillaient comme monitrices au camp de jour du YMCA de Notre-Dame-de-Grâce, ou NDG, comme on disait familièrement. Mais voilà qu'elle se sentait affamée tout à coup.

— Bien sûr, répondit-elle.

Elle était impatiente d'examiner Richie à sa guise, mais ne voulait surtout pas se faire prendre à le dévisager.

— *You are so beautiful...*

Richie chantait une vieille chanson de sa voix forte et rauque.

Florence sourit à son reflet dans le rétroviseur du côté passager. Un concert privé, juste pour elle. L'après-midi s'annonçait plus amusant qu'elle ne l'avait espéré.

— Je savais que vous étiez bassiste, mais j'ignorais que vous chantiez aussi, dit-elle.

— J'ai été choriste, au début, quand j'ai commencé dans le milieu.

À l'entendre, on aurait dit que cela faisait une éternité. Pourtant, Richie n'avait pas l'air si vieux, si on faisait abstraction des petites pattes d'oie aux coins de ses yeux. Florence se dit qu'elle aurait dû être plus attentive en lisant les magazines.

Richie lâcha le levier de vitesse et laissa tomber sa main sur le genou de Florence. Elle aurait pu dégager son genou, mais elle n'en fit rien. C'était excitant de sentir la chaleur qui émanait des doigts de Richie.

Il l'emmena au restaurant tournant de l'hôtel Royal Regency.

— Une bouteille de Cristal, commanda-t-il au serveur, qui portait des gants blancs et une serviette immaculée soigneusement pliée sur un bras.

— Certainement, monsieur.

S'il remarqua que Florence était mineure, il n'en laissa rien paraître.

Florence prit une petite gorgée de champagne. Le goût était agréable et pétillant. Après une deuxième gorgée, elle renversa la tête et ferma les yeux. Elle se trouvait dans l'un des restaurants les plus chics de Montréal en train de boire le champagne le plus cher du monde en compagnie d'une vedette rock. Elle ne serait pas surprise de trouver sa photo dans un magazine, un de ces jours.

Elle contempla la ville. De là-haut, depuis le dernier étage de l'hôtel, elle apercevait les eaux bleutées du fleuve Saint-Laurent et, au loin, le mont Saint-Hilaire.

Richie parla de son groupe. Il venait de lancer son quatorzième album et sillonnait l'Amérique du Nord pour en faire la promotion.

— Vous devez rencontrer des tas de filles, non ? lança Florence.

Le champagne lui donnait de l'audace.

— Des milliers ! s'esclaffa Richie en renversant la tête. Mais la plupart d'entre elles sont blasées. Je les préfère douces et innocentes.

Florence rit.

— Et c'est pour ça que vous avez baptisé le groupe…

— T'as tout compris !

Il se cala dans son fauteuil et allongea les jambes devant lui de manière que le bout de ses chaussures touche les orteils de Florence.

— Jolis souliers...

— C'est un cadeau de...

Florence s'arrêta net au milieu de sa phrase. Elle n'avait pas envie de parler d'Étienne.

Ils mangèrent du homard. Comme la chair avait déjà été détachée de la carapace, ils n'eurent pas besoin de la casser. Cependant, quand Richie mordit dans la queue du crustacé, du jus de homard gicla sur Florence. Elle utilisa sa serviette de table pour essuyer la saumure sur sa joue.

— Y paraît que les fruits de mer, ça excite les filles, déclara Richie en faisant signe au serveur de leur verser du champagne.

— Vraiment ? lança Florence en pouffant de rire.

Pendant un instant, elle sentit le bout de ses oreilles chauffer. Si Étienne était son amoureux, est-ce que c'était mal de discuter avec un autre homme de ce qui excitait les filles ?

Lorsqu'ils se levèrent pour partir, Florence sentit ses jambes se dérober sous elle.

— T'es pas habituée au champagne, n'est-ce pas, jeune demoiselle ?

Richie la prit par la taille et la laissa s'appuyer contre son épaule.

Ils étaient seuls dans l'ascenseur. Ils avaient laissé le cabriolet au valet de stationnement. Florence fut donc surprise de le voir appuyer sur le bouton du dix-huitième étage.

— Où est-ce qu'on va ?

Sa propre voix semblait lui parvenir de très loin.

— À ma chambre, répondit Richie comme si c'était la chose la plus normale au monde. Je vais te montrer ma basse.

— Est-ce que vous allez en jouer pour moi ?

Elle pouffa en fixant ses yeux verts.

— Ça, tu peux en être sûre, Tiffany.

Elle passa à un cheveu de lui dire qu'elle ne s'appelait pas Tiffany, mais se ravisa. D'ailleurs, lorsque Richie ouvrit la porte de sa chambre, Florence se sentit aussitôt devenir une autre personne. Comme si elle était vraiment Tiffany. Comme si elle était le genre de fille qui côtoie les vedettes rock.

La basse traînait près du lit défait.

— Viens ici, lui dit Richie en tapotant la place à côté de lui sur le bord du lit.

Florence eut l'impression que la pièce tournait autour d'elle quand elle s'assit. Richie ne toucha pas à sa guitare. Il se pencha plutôt vers elle pour l'embrasser. Son haleine sentait le homard et le beurre fondu, mais ses lèvres étaient douces. Elle sentit ses doigts défaire la fermeture éclair de sa robe noire et se glisser sous le tissu à la recherche de ses seins, qu'il caressa à pleines mains.

Florence savait qu'elle n'aurait pas dû le laisser la toucher ainsi, mais elle n'avait pas envie qu'il s'arrête non plus. Tout ce qu'il lui faisait était bon. Vraiment bon. Et chaud, et doux, et... excitant. Elle se surprit à l'embrasser à son tour et à explorer sa bouche avec sa langue, suivant les bords rudes de ses dents et la pointe retroussée de sa langue.

Il se coucha ensuite sur le dos et retira son jean comme un serpent se débarrasse de sa vieille peau. Elle songea un instant à lui demander de tout arrêter, mais il était trop tard pour reculer.

— Un petit instant, Tiffany, murmura-t-il le souffle court.

Il tendit le bras vers le tiroir de la table de chevet. Florence l'entendit retirer un condom de son sachet.

Tout à coup, Florence se rappela ce qu'Étienne lui avait dit : « Arrange-toi pour lui faire plaisir. » Était-ce donc ça qu'Étienne avait voulu dire ?

— Oh, Tiffany, gémit Richie en caressant d'une main l'intérieur de ses cuisses. Ta peau est douce comme de la soie.

Quand le visage de Richie s'approcha du sien, Florence put clairement voir les minuscules poils de la barbe naissante qui ornaient son menton. Ils étaient gris.

CHAPITRE 7

— Ouah ! C'est génial !

Un garçon était assis au centre de la toile de parachute aux couleurs de l'arc-en-ciel. Florence, Gabrielle et leurs campeurs agitaient dans tous les sens en tirant sur les poignées, ce qui la faisait rebondir, à sa plus grande joie.

— À mon tour ! crièrent plusieurs petites voix dès que la toile retomba sur l'herbe.

Florence et Gabrielle étaient ahuries de constater à quel point les enfants ne se lassaient pas de ce jeu, même s'ils y jouaient chaque matin.

Gabrielle était responsable des enfants de quatre ans, tandis que Florence s'occupait de ceux de cinq ans. Comme les enfants des deux groupes avaient presque le même âge, il était logique de faire des activités ensemble.

— C'est important de ranger la toile correctement, expliqua Gabrielle aux petits pendant qu'ils l'aidaient à replier le parachute.

— Pourquoi est-ce qu'il faut toujours que tu fasses la leçon à propos de tout et de rien ? demanda Florence à Gabrielle.

Elles se dirigeaient vers le terrain de jeu qui se trouvait à l'autre bout du parc, leurs campeurs marchant derrière elles comme un régiment de canetons obéissants.

— Et toi, pourquoi tu es d'aussi mauvaise humeur aujourd'hui ?

— Je suis pas de mauvaise humeur.

— Presque pas ! répliqua Gabrielle en saisissant Florence par un bras.

— Florence, j'ai vraiment envie de faire pipi, appela une petite voix derrière elles. Peux-tu m'accompagner aux toilettes, s'il te plaît ?

— Penses-tu que tu pourrais te retenir encore un peu ? demanda Florence.

Pourquoi fallait-il toujours que les enfants aient envie au mauvais moment ?

— J'y vais, proposa Gabrielle.

— Je suis pas de mauvaise humeur, je t'assure reprit Florence quand Gabrielle revint des toilettes.

Elles se mirent toutes deux à pousser les enfants qui voulaient se balancer.

— J'ai bu trop de champagne hier, c'est tout…

Du Cristal.

— Plus haut! cria la petite rouquine que Florence poussait.

Florence roula de gros yeux.

— C'est quoi du Cristal?

— Oh, c'est seulement le plus cher de tous les champagnes. Mais ce que tu croiras jamais, poursuivit Florence en baissant la voix, c'est avec qui je l'ai bu.

— Étienne?

— Non.

— Alors avec qui?

— Gabrielle! Tina veut pas nous prêter la pelle, se plaignit une fillette en tirant sur le short de Gabrielle.

— Tina, les autres ont le droit d'utiliser la pelle, eux aussi! cria Gabrielle avant de se retourner vers Florence. Vas-y, dis-moi!

— Richie Taylor.

Gabrielle en resta bouche bée, et pendant un instant, elle en oublia même de pousser la balançoire.

— Comme dans Richie Taylor le bassiste? finit-elle par demander.

— Tu veux dire comme dans Richie Taylor le

cool, le charmant et l'incroyable bassiste. C'est un ami d'Étienne. Étienne m'avait demandé de…

Florence s'interrompit le temps de trouver les mots justes.

— … de le divertir.

— De le divertir ? Qu'est-ce que t'as fait ? Tu lui as raconté des blagues ?

— Non, évidemment. Tu sais bien que je retiens jamais les blagues. On a… parlé… la plupart du temps…

Florence baissa les yeux et fixa l'herbe à ses pieds. Une colonie de fourmis se trouvait en plein à l'endroit où elles se tenaient. Des centaines de petites bêtes noires allaient et venaient, affairées à leurs tâches.

— Il m'a parlé de son groupe et du nouvel album, mais c'est pas tout, ajouta Florence en baissant encore la voix. Je l'ai embrassé.

— Tu l'as *embrassé* ? répéta Gabrielle.

Cette fois, elle cessa carrément de pousser la balançoire.

— Gabrielle ! protesta la petite rouquine.

— Mais tu sors avec Étienne, non ?

— Oui, je sors avec lui, répondit Florence en faisant la moue, mais ça veut pas dire que je peux pas embrasser quelqu'un d'autre.

— Vraiment ?

— Bien sûr que non ! C'est pas comme si on était mariés ! D'ailleurs, c'est arrivé… comme ça.

— Vas-tu le revoir ?

— Je sais pas. Les membres du groupe s'envolent pour Toronto cet après-midi. En tout cas, tu aurais dû voir sa chambre d'hôt…

Florence s'interrompit au milieu de sa phrase.

— T'as vu sa chambre d'hôtel !

Sans le vouloir, Gabrielle avait haussé la voix.

— Chambre d'hôtel ! Chambre d'hôtel ! crièrent en sautillant deux fillettes qui attendaient leur tour de balançoire.

— Voulez-vous bien fermer vos gueules, vous deux ? cria Florence, cinglante.

Les fillettes se turent.

— Tu dois pas dire « gueule », finit par déclarer l'une d'elles tandis que l'autre fixait Florence d'un regard vide.

— Écoutez, les filles, je suis désolée. J'aurais pas dû dire ça, bredouilla Florence. Voulez-vous vous balancer maintenant ?

— D'accord, répondirent-elles sans bouger d'un poil.

Florence et Gabrielle soulevèrent chacune un

enfant déjà assis sur les balançoires et installèrent les fillettes à leur place.

— Je suis pas restée longtemps. Y avait rien d'extraordinaire, dit enfin Florence en donnant une forte poussée. Et puis tu devrais pas me juger.

— Tu aurais pu t'attirer de gros ennuis, dit doucement Gabrielle.

— Il y a des gens qui craignent pas les ennuis.

— J'ai pas dit les ennuis… J'ai dit de *gros* ennuis.

III

À la fin du camp, à trois heures, Étienne attendait près de la clôture du YMCA. En l'apercevant, Florence saisit la main de Gabrielle.

— J'espère qu'il est pas fâché, murmura-t-elle.

— Il a pas l'air fâché.

— En fait, poursuivit Florence en s'approchant furtivement de Gabrielle, je crois que je me sens un peu coupable à propos de Richie. La situation a… disons… dérapé.

Gabrielle regarda son amie.

— Hé! fit-elle, je veux pas te juger. Comme tu me l'as si bien dit, Étienne et toi, vous êtes pas mariés. Et puis, c'était qu'un baiser, pas vrai?

Elle tapota le coude de Florence.

Sur le trottoir, Étienne exécutait un mouvement de danse. Il avait les mains derrière le dos et sa tête oscillait au son d'un rythme imaginaire.

— Tu préfères que je reste ? demanda Gabrielle.

— Non, ça va aller. On se retrouve aux casiers dans dix minutes, ça te va ? Comme ça, on pourra quand même marcher ensemble jusqu'à la maison.

Gabrielle salua Étienne de la main, puis disparut dans l'immeuble du YMCA.

— T'es pas censé être au travail ? lança Florence en avançant vers Étienne.

Sa voix semblait plus joyeuse qu'elle ne l'était en vérité. Ses bras pendaient mollement de chaque côté de son corps, mais ses ongles étaient solidement plantés dans la partie charnue de ses paumes. Elle s'était laissée entraîner la veille. Elle n'avait jamais eu l'intention de faire de la peine à Étienne.

Mais Étienne ne semblait pas peiné.

— J'voulais voir ma poupée avant d'aller travailler !

D'une main, il l'attira vers lui, la maintint à quelques centimètres de son corps et la contempla. Florence s'efforça de sourire.

— T'es la meilleure, déclara-t-il.

— Moi ? dit Florence en rougissant.

Elle ne se sentait vraiment pas la meilleure, ça, c'était certain. Elle se sentait plutôt la pire amoureuse sur Terre.

— T'es sûr que ça va ? chuchota-t-elle.

Elle espérait qu'il n'avait pas remarqué le tremblement de sa voix.

— Comme sur des roulettes, répondit Étienne.

Il lui révéla alors ce qu'il cachait derrière son dos : un magnifique bouquet de roses rouges. Une douzaine.

Florence plongea son nez dans les fleurs et sourit. Elle se hissa sur la pointe des pieds et l'embrassa. Pendant une fraction de seconde, elle pensa à Richie Taylor et à son haleine de beurre fondu. Elle embrassa Étienne avec encore plus de fougue pour chasser cette pensée.

Il la prit par la taille, la souleva haut dans les airs et la fit tourner.

— Attention ! s'écria Florence en éclatant de rire. Tu vas écraser mes roses !

CHAPITRE 8

Le chat tigré du voisin poussa un miaulement sonore pendant que Florence s'appliquait à descendre le long du treillis, ralentie par sa minijupe.

— Chuuut! fit-elle au chat alors qu'il la fixait en feulant d'un air accusateur.

Étienne l'attendait au coin de la rue. Il avait à la main une petite boîte enveloppée de papier doré et autour de laquelle était noué un ruban rouge.

— Étienne! s'exclama Florence en le prenant par la taille. Pourquoi tu me gâtes autant?

— Comment sais-tu que c'est pour toi? demanda-t-il en se penchant pour l'embrasser.

— Mmm, fit Florence en lui retournant son baiser. Pour qui ça pourrait bien être?

— Pour une autre de mes poupées, suggéra Étienne en lui pinçant le bout du nez.

Florence éclata de rire. Comme ça faisait du bien! Elle avait été plutôt tendue depuis son rendez-vous avec Richie Taylor. Le pire, c'était de n'avoir personne à qui parler de ce qu'elle ressentait. Gabrielle avait paniqué en apprenant que Florence et Richie s'étaient embrassés… Florence n'osait même pas imaginer comment son amie réagirait si elle connaissait toute l'histoire.

— Tu mérites que j'te gâte, dit Étienne en s'arrêtant sous la lueur jaune d'un lampadaire pour lui offrir le cadeau. T'es super belle, t'es drôle… et t'as pas d'papa pour le faire.

— T'es tellement gentil, soupira Florence en déballant le paquet.

L'espace d'un instant, elle sentit des larmes lui piquer les yeux. Elle avait peu parlé de son père à Étienne – elle lui avait seulement dit combien elle était triste de voir que ses souvenirs de lui commençaient déjà à s'effacer –, mais c'était tout à fait dans la nature d'Étienne de porter attention aux détails.

Florence poussa un petit cri aigu en reconnaissant la boîte couleur pêche. À l'intérieur, elle trouva une bouteille en verre moulée à l'image d'un buste féminin : un parfum Jean Paul Gaultier. Comment Étienne avait-il deviné ? Elle ôta le bouchon et huma la fragrance suave du parfum.

— Allez, Tiffany, mets-en un peu.

Étienne lui adressa un grand sourire alors qu'elle tamponnait ses poignets de parfum. Tout à coup, Florence se souvint du sourire de son père, un jour qu'il était rentré à la maison et l'avait trouvée en train de jouer à se déguiser. Elle paradait dans l'une des robes d'été de sa mère, un de ses vieux sacs à main au bras.

Étienne attrapa les poignets de Florence et les porta jusqu'à son nez.

— Miam, gémit-il de plaisir.

Il posa les mains de Florence sur le col en V du t-shirt qu'elle portait, appuya une seconde et les retira. Puis il plongea son visage au même endroit et renifla.

— Miam, grogna-t-il à nouveau.

— Étienne !

— Tu me rends fou !

— On va chez toi ?

— Non, pas ce soir. Toi et moi, on est invités à une soirée. Et là-bas, tu seras la fille la plus hot et la plus sexy d'la place.

Étienne savait exactement comment s'y prendre pour mettre Florence à l'aise. Et s'il était au courant de quoi que ce soit à propos de ce qui s'était passé dans la chambre d'hôtel de Richie Taylor, il n'en dit pas un mot.

Un taxi les attendait au coin de rue suivant.

— Rue Saint-Paul, dans le Vieux-Montréal, annonça Étienne au chauffeur.

Il y avait si peu de véhicules dans les rues qu'ils mirent à peine dix minutes pour s'y rendre. Le taxi se gara devant une église en pierre grise.

— Tu m'emmènes à une soirée dans une église ? demanda Florence en posant un pied sur le trottoir.

— *C'était* une église, expliqua Étienne en lui tenant galamment la porte.

Il appuya sur la sonnette de l'entrée, laquelle, à en juger par la hauteur des plafonds et par les vitraux, avait dû être la chapelle à une autre époque.

Florence suivit Étienne jusque dans un loft immense qui surplombait le Vieux-Port. Les gens, tous plus âgés qu'elle, bavardaient sur des canapés en cuir ; d'autres prenaient l'air sur la terrasse en contemplant les bateaux ou le ciel étoilé. Un couple s'embrassait en gémissant sans se soucier des autres le moins du monde. Le fermoir en or du collier de perles de la femme scintillait dans l'obscurité.

Les invités ne ressemblaient en rien aux jeunes qui boivent de la bière et qui jouent à la bouteille dans les partys auxquels Florence avait l'habitude d'assister.

Elle savoura le plaisir de sentir les gens les observer, Étienne et elle, tandis qu'ils faisaient leur chemin dans la foule. Le simple fait d'avoir un chum la faisait se sentir unique. D'ailleurs, elle était pleinement consciente qu'ils formaient un beau couple.

Elle frôla le coude d'un homme.

— Tu sens bon, lui murmura l'inconnu.

Sûr de lui, Étienne décocha un regard à Florence et lui sourit. Un serveur circulait avec un plateau de verres qui tintaient en s'entrechoquant. Étienne s'empara d'une boisson et la tendit à Florence. Elle en but une longue gorgée avec lenteur et se sentit rapidement plus à l'aise.

Étienne la guida vers un homme musclé qui se tenait près d'une fenêtre.

— Josh, lança Étienne en tapant dans la main de l'homme. J'te présente Tiffany. Tiffany, voici Josh. C'est chez lui, ici.

— C'est génial, dit Florence en lui tendant la main.

Elle espéra ne pas avoir eu l'air d'une enfant.

— T'avais raison, confirma Josh à Étienne. Elle est magnifique… et jeune.

Florence rougit. Josh l'avait complimentée, bien sûr, mais en parlant d'elle à la troisième personne. Il l'avait fait se sentir invisible. Comme si elle n'était pas là.

Un autre homme arriva et tapa sur l'épaule d'Étienne.

— Hé, Étienne ! Comment vont les affaires ? demanda-t-il d'une voix puissante.

À voir ses gros biceps, on devinait que, tout comme Josh, cet homme passait beaucoup de temps au gym.

— Ça va bien, Tony. Très bien même, répondit Étienne. Voici Tiffany.

Florence s'approcha d'Étienne pendant que Tony l'examinait, ses yeux glissant avec lenteur jusque sur ses longues jambes. Même si elle avait l'habitude de se faire reluquer par les hommes, Florence ne s'attendait pas à ce qu'ils le fassent lorsqu'elle était avec Étienne. Celui-ci ne sembla rien remarquer. Ses yeux balayaient la pièce comme s'il y cherchait quelqu'un.

Au même moment, son cellulaire émit un signal annonçant la réception d'un message texte. Il s'éloigna de Florence et plongea la main dans sa poche.

— Merde, marmonna-t-il les yeux rivés sur l'appareil. Manquait plus que ça…

— On devrait peut-être y aller, suggéra Florence.

Étienne posa un doigt sur son menton comme s'il réfléchissait à cette possibilité.

— Non, ça sera plus simple si tu restes ici pendant que j'vais régler l'affaire. Josh et Tony vont veiller sur toi. Pas vrai, les gars ?

— Avec plaisir, répondit Josh.

— Absolument, renchérit Tony.

Étienne serra la main de Florence. Quand il sortit du loft à la hâte, quelques minutes plus tard, il ne se retourna même pas pour lui adresser un dernier regard.

Florence se mordit la lèvre, puis sourit à Josh et Tony. Parfois, Étienne n'était pas si parfait.

CHAPITRE 9

— Une tequila, ça te dit? demanda Tony.

Ils étaient assis tous les trois au bar, sur des tabourets en chrome plus confortables qu'ils n'en avaient l'air.

Florence se dit qu'il valait mieux voir le bon côté des choses et s'amuser un peu en attendant le retour d'Étienne. Elle observa Josh, qui humecta avec sa langue la peau située entre son pouce et son index, la saupoudra de sel, puis la lécha avant d'avaler d'un trait son verre de tequila.

— À ton tour, déclara-t-il en lui passant la salière.

La tequila lui brûla la gorge.

Elle mordit dans le quartier de lime que Tony lui tendait.

La femme au collier de perles passa près d'eux. Elle tenait par la main un grand type... pas le même que celui qu'elle embrassait plus tôt sur la terrasse.

— Où est passé son chum? demanda Florence.

Elle eut soudainement conscience d'avoir parlé trop fort. Josh sourit en voyant le couple se diriger vers une alcôve située sous l'escalier de verre qui divisait le loft.

— Oh, elle! Disons qu'elle fait passer le plaisir avant la fidélité.

Florence entortilla une mèche de ses cheveux blonds autour de ses doigts et tenta d'imaginer comment c'est de préférer le plaisir à la fidélité. Quand Josh et Tony éclatèrent de rire, elle rit avec eux.

— Buvons. Au plaisir! lança Tony en remplissant à nouveau le verre de Florence.

— Si on s'amusait un peu? proposa Josh.

Il prit le verre de Florence des mains de Tony et le déposa devant elle sur le comptoir.

— Tu sais jouer à «Je gage que…»? reprit-il.

— C'est un jeu pour boire, c'est ça? répondit Florence, gênée de révéler qu'elle n'y avait jamais joué.

— On te demande si t'as déjà fait quelque chose. Si oui, tu bois un verre cul sec.

La tequila clapota dans la bouteille quand Tony s'en empara.

— J'en ai une, commença Josh en se tournant vers Florence. Je gage que t'as déjà menti pour manquer l'école.

Florence roula des yeux.

— Bien sûr !

— Alors bois ! ordonna Josh en lui tendant le verre.

— À mon tour, annonça Florence. Tony, je gage que t'as déjà bu au point de te rendre malade.

— Jamais. Je connais mes limites, répondit-il le sourire aux lèvres en jetant un coup d'œil à la bouteille de tequila. J'en ai une pour toi. Je gage que t'as déjà trompé ton chum.

Florence rougit. Pendant une seconde, elle songea à Richie Taylor.

— N... Non, bredouilla-t-elle. Jamais.

— Je sais pas ce que t'en penses, Tony, mais moi, je crois qu'elle ment. Tu nous mentirais pas, hein, Tiffany ?

Florence sentit les yeux pâles de Josh la transpercer.

— Tu ferais mieux d'avaler cette tequila. Au cas où.

Tony s'esclaffa en remplissant le verre de Florence. La jeune fille sentit sa langue s'épaissir une fois son verre vidé.

— Je gage que t'as déjà fait l'amour dans une salle de bain, annonça Florence à Josh.

Elle pouffa en plongeant son regard dans le sien. Elle avait osé poser la question. Sans doute avait-elle abusé de la tequila…

— Tout le monde l'a fait! protesta Josh en avalant un autre verre d'un trait.

Il prit un moment pour réfléchir à sa prochaine question, puis demanda:

— Je gage que t'as déjà fait une pipe à un gars.

En temps normal, une telle question l'aurait embarrassée, mais à présent, cela la faisait rire.

— Tout le monde l'a fait! lança-t-elle. Bon, fini la tequila pour moi, ajouta-t-elle en repoussant le verre que Josh lui présentait.

— Tu dois le boire, protesta Josh. C'est la règle du jeu.

Florence commençait à sentir sa tête lourde. Elle avait la gorge serrée quand elle vida son troisième verre de tequila.

— Je gage que t'as déjà fait l'amour avec deux gars en même temps, lança Tony.

Florence posa ses mains sur ses joues. Elle sentit son visage brûlant.

Josh donna un coup de coude à Tony.

— Hé, tu vois pas que tu l'embarrasses avec tes questions ?

— C'est le but du jeu, non ? répliqua Tony.

Ils éclatèrent tous de rire. Florence eut l'impression qu'elle était à l'extérieur de son corps et observait la scène d'un peu plus loin. Elle s'entendait rire et se voyait s'amuser avec Josh et Tony, touchant leurs mains ou leur torse lorsqu'ils la taquinaient.

— Que dirais-tu de visiter le reste du loft ? proposa Josh.

— J'ai pas déjà tout vu ? s'étonna Florence.

Elle fut soulagée de constater que le jeu avec la tequila était terminé.

— Il y a une pièce V.I.P., poursuivit Josh. Réservée aux *Very Important Princesses*.

— Et je suis une princesse, c'est ça ?

— C'est en plein ça. Viens, on aimerait ça te la montrer, dit Tony en se levant.

Il s'approcha de Florence. Son haleine empestait la tequila.

— D'accord.

Florence sentit ses jambes ramollir lorsqu'elle se leva. Elle essaya de prendre appui sur le comptoir, mais sans savoir comment, elle le rata et perdit l'équilibre.

— Je crois que t'as besoin d'un coup de main, déclara Josh en l'attrapant par le coude.

Tony la prit par l'autre bras. Tout se déroulait comme au ralenti. Florence vit les autres invités étirer leur cou avec lenteur pour la regarder gravir les marches en titubant, solidement soutenue par les deux gaillards.

L'escalier en verre menait à ce que Josh avait surnommé sa pièce V.I.P. Il s'agissait d'une pièce octogonale. Plusieurs grosses chandelles ivoire étaient alignées sur le rebord de la fenêtre, et leur lueur se reflétait sur la vitre en scintillant. Un parfum de vanille s'en dégageait.

— C'est chuperbe, déclara Florence en pouffant aussitôt. Je veux dire : chu... Aaah !

Pourquoi n'arrivait-elle pas à dire le mot correctement ?

— Les princesses aiment toutes ça ici, dit Josh en s'assoyant dans un fauteuil en cuir blanc. Y a de la place pour deux, ajouta-t-il en souriant à Florence de toutes ses dents très blanches. Viens, on voit les bateaux.

Elle rit quand Josh la fit asseoir sur ses genoux.

— Je veille sur toi, dit-il. Comme Étienne me l'a demandé.

— Comme Étienne te l'a demandé, répéta Florence en approuvant du menton.

Tony se tenait à la fenêtre, où il ajustait les stores verticaux. Puis il se tourna vers Florence et Josh.

— Vous avez l'air bien, tous les deux. Ça vous dérange si je me joins à vous ?

Tony s'assit sur un des accoudoirs du fauteuil. Josh faisait jouer ses doigts dans les cheveux de Florence. Tony fit tomber une de ses chaussures à talons aiguilles.

— T'as de jolis pieds, déclara-t-il en embrassant un de ses orteils.

Florence rit. Son rire semblait lui parvenir de très loin. Qu'avait donc dit Josh à propos du plaisir ? Elle tenta de s'en souvenir, mais n'y arriva pas. Puis, pendant un moment, Florence eut à nouveau l'impression d'être à l'extérieur de son corps. Elle était en compagnie de deux beaux grands gars musclés qui voulaient être avec elle, en même temps. Jamais elle ne s'était sentie aussi... aussi désirable. Aussi désirée.

Un peu plus tard, quand Josh et Tony redescendirent au rez-de-chaussée et que Florence se pencha pour ramasser son soutien-gorge et sa culotte sur le plancher de bois, elle ne se sentait plus aussi désirable. Sa tête était douloureuse et elle était sur le point de vomir.

CHAPITRE 10

La sonnerie du téléphone fit élancer sa tête. Elle sortit un bras de sous les draps et attrapa l'appareil. Elle avait envoyé un message texte à Étienne un peu plus tôt; ce devait être lui qui la rappelait.

— Pas question que j'aille travailler aujourd'hui, grommela Florence dans le cellulaire.

Depuis son lit, elle aperçut son visage dans le miroir ovale qui surmontait sa commode. Ses cheveux étaient raides comme des spaghettis, et des cernes sombres se dessinaient sous ses yeux. Elle avait une mine affreuse. Florence ferma les yeux.

— Tu dois y aller, bébé, lui dit Étienne. Ce boulot au YMCA, c'est ton premier travail. Tu dois leur montrer que t'es une fille responsable.

Au moins, son père ne pouvait pas la voir dans cet état. Quand Florence était rentrée, à quatre heures du matin, elle n'avait fait qu'une chose avant de s'écrouler sur son lit: elle avait tourné la photo de son père vers le mur. Elle savait qu'elle ne supporterait pas de s'éveiller devant le visage souriant de son père, devant ses yeux bleu-gris tellement semblables aux siens.

— J'ai mal à la tête, gémit Florence en repoussant sa couette du pied et en massant ses tempes. Je suis absolument incapable de m'occuper de huit enfants de cinq ans aujourd'hui.

— Bien sûr que t'es capable, Tiffany. T'es *Supergirl*.

Florence fit comme si elle n'avait pas entendu. Elle prit une grande respiration et dit à Étienne ce qui lui pesait.

— On doit parler de ce qui s'est passé la nuit dernière.

— Écoute, Tiffany, j'suis vraiment désolé, mais j'ai pas pu revenir au loft. L'affaire s'est… disons… compliquée. Mais j'ai parlé à Josh, et il m'a dit qu'il t'avait appelé un taxi pour que tu puisses rentrer chez toi.

— C'est pas ça. C'est autre chose et on doit en parler.

La voix de Florence sonna soudain aiguë et perçante, même à ses propres oreilles.

— Tiffany, ma poupée, t'inquiète pas. Tout va bien. Tu comprends?

Florence ne répondit pas. De quoi parlait-il ? Comment tout pouvait-il bien aller ?

— Répète après moi : tout va bien.

— Tout va bien, répéta finalement Florence.

Curieusement, le simple fait de prononcer ces mots l'aida à se sentir un peu mieux. Un peu. Elle ouvrit les yeux et fit rouler ses épaules l'une après l'autre. Son corps était courbaturé.

— Écoute, poupée, viens donc chez moi après ton boulot. On pourra parler et… mmmm… Enfin, tu vois…

Florence soupira. Elle n'avait pas mis les pieds à l'appartement d'Étienne depuis le début du camp de jour. En sachant qu'elle allait le voir, elle serait peut-être capable de passer à travers sa journée. Florence se tira hors du lit et enfila ses pantoufles.

— OK, soupira-t-elle dans le cellulaire. C'est d'accord. Je vais au camp. Mais c'est seulement parce que je sais que je vais te voir plus tard.

Étienne souffla un baiser dans le téléphone.

— Ça c'est ma poupée !

À l'instant même où Florence s'apprêtait à déposer l'appareil, elle entendit la sonnerie du cellulaire d'Étienne retentir. Comment supportait-il qu'on l'appelle ainsi sans arrêt ?

Elle ôta son t-shirt et fila vers la douche.

III

Pour arranger les choses, il pleuvait. Très forte, la pluie traçait dans l'air des lignes diagonales grisâtres et formait des flaques trop grandes pour être franchies d'un seul pas.

— Ça, ça va être parfait pour mes roses, déclara la mère de Florence en jetant un coup d'œil par la fenêtre de la cuisine tandis que Florence prenait place à table. Je t'ai préparé une boisson énergétique aux fraises, au germe de blé et à la…

— … lécithine, marmonna Florence. Tu me fais ça chaque matin.

Elle s'empara du cahier cinéma du journal pour se cacher et échapper à la bonne humeur de sa mère.

— Tu te rends compte de la chance que tu as d'avoir une mère qui s'assure que sa fille ait une dose quotidienne de lécithine ! lança Sylvie d'un ton joyeux.

Florence fit semblant de lire les critiques de films.

La pluie n'était pas bonne que pour les roses. Elle était aussi synonyme de bricolage au camp.

Fleurs en papier de soie, collages en macaronis et…
un tas de petits doigts collants qui veulent tous
vous toucher. Comment une journée pourrait-elle
être pire?

La mère de Florence enfila son imperméable.

— Il y a un parapluie pour toi près de la porte,
dit-elle.

En se penchant pour embrasser sa fille, Sylvie
s'arrêta un instant pour la regarder. Florence se
détourna. Elle se demanda si sa mère pouvait
deviner ce qu'elle avait fait la nuit précédente.
Pendant une seconde, Florence se revit avec Josh
et Tony. Elle cligna des yeux pour faire disparaître l'image. Comment avait-elle pu être aussi stupide? Si seulement Étienne n'avait pas eu à quitter
la fête, aussi!

La mère de Florence se mordit la lèvre inférieure et émit le petit bruit désapprobateur qu'elle
produisait parfois avec sa langue. Le cœur de Florence se mit à battre la chamade.

— Tu n'as pas oublié de prendre ta vitamine B,
au moins?

Florence eut du mal à ne pas rire.

Le bâtiment du YMCA dégageait la même odeur qu'un vestiaire géant. Florence et Gabrielle durent franchir une longue rangée de bottes de pluie lilliputiennes qui serpentait dans le couloir avant d'atteindre le local où les petits les attendaient.

— Flo! Gab! crièrent les enfants en se pressant autour des filles.

Gabrielle se pencha pour faire des câlins à deux fillettes.

Florence grogna. Elle ne supportait pas de sentir les enfants se presser contre elle, leur peau encore humide à cause de la pluie.

— Fais-moi plaisir: me demande pas si je suis d'humeur massacrante aujourd'hui, dit-elle à Gabrielle une fois que la nuée d'enfants se fut dissipée. J'ai un SPM d'enfer.

C'est à ce moment que Lydia, la monitrice en chef, entra en trombe dans le local et signala son arrivée d'un grand coup de sifflet. Florence s'en boucha les oreilles et se dit qu'elle aurait mieux fait de rester au lit, la tête sous les couvertures.

— Aujourd'hui, nous allons faire des collages en macaronis!

Lydia annonçait le programme de la journée avec autant de fébrilité que si elle apprenait aux moniteurs qu'ils avaient gagné des millions à la loterie.

Elle distribua ensuite à chacun d'eux un sac de nouilles, un paquet de cartons colorés et des bouteilles de colle blanche.

— Des collages en macaronis! répéta Nicolas avec dépit.

Nicolas et William, des jumeaux, étaient moniteurs au camp. Florence et Gabrielle les avaient rencontrés durant la formation. Ils avaient tous deux la même chevelure poil-de-carotte et les mêmes taches de rousseur. Seule leur taille permettait de les différencier, car Nicolas dépassait son frère d'une bonne dizaine de centimètres.

— Le collage en macaronis, c'est vieux comme le monde! reprit Nicolas.

— Même nos grands-parents faisaient des collages en macaronis quand ils allaient au terrain de jeu, comme ils disaient dans ce temps-là, ajouta William.

— Nos grands-parents allaient au camp de jour? s'étonna Nicolas, qui n'avait pas saisi le sarcasme de son frère.

William ignora son frère et interpella Lydia assez fort pour que tout le monde puisse l'entendre.

— J'ai consulté mes campeurs, et ils aimeraient mieux jouer au hockey dans le gymnase.

— Ouais ! Hockey ! crièrent les enfants. On veut jouer au hockey !

Lydia s'apprêtait à donner un autre coup de sifflet, mais elle changea soudain d'avis. Florence et Gabrielle échangèrent un sourire entendu.

Au lieu des collages en macaronis, les enfants eurent droit à deux parties de hockey, suivies d'un pique-nique dans le gym et de leçons de natation à la piscine intérieure. La journée fut longue et épuisante, mais au moins, ils avaient tous échappé aux collages en macaronis.

Leur journée de travail terminée, Gabrielle et Florence allèrent attendre l'autobus dans l'abribus le plus proche, sur l'avenue Monkland. Quand les jumeaux passèrent devant elles, ils ôtèrent leur casquette de baseball et les saluèrent.

— Bonne fin d'après-midi, mesdames, déclara William d'un ton théâtral.

Gabrielle rougit.

— Vous aussi, messires, répondit-elle en jouant le jeu.

Florence les ignora.

— Ils sont plutôt mignons, confia Gabrielle

à Florence lorsqu'ils empruntèrent une rue transversale.

— Ils sont bébés.

III

Étienne vint ouvrir à Florence avec la démarche typée des rappeurs. À l'intérieur, de la musique jouait à tue-tête. Il scruta le corridor, puis la fit entrer précipitamment.

Une fois à l'intérieur, il la prit dans ses bras, la souleva de terre et l'embrassa.

— Hé, ma Tiffany! dit-il en plongeant son regard dans le sien.

La fatigue que Florence avait combattue toute la journée commençait à disparaître. Elle avait agi comme une idiote, mais elle voulait se reprendre et redevenir une bonne copine; le genre de blonde qu'un gars comme Étienne méritait. «Tout va bien», se rappela-t-elle en essayant de se détendre dans l'étau puissant de ses bras.

Florence renifla l'air tandis qu'Étienne l'entraînait vers le canapé, près de sa scintillante chaîne haute fidélité en chrome et de ses étagères remplies de DVD et de CD.

— Qu'est-ce qui sent aussi bon ?

— *Griot* à la sauce *ti malice*. J't'ai préparé un souper créole.

— Héééé ! s'exclama Florence, admirative.

C'était la première fois qu'un homme cuisinait pour elle, exception faite de son père, bien entendu.

Quand elle vit avec quel soin Étienne avait mis la table, en utilisant de la vaisselle en porcelaine blanche au contour doré et des chandelles assorties, elle sentit sa culpabilité augmenter.

— Je savais pas que tu aimais cuisiner.

— J'aime pas ça. Mais toi, j't'aime. Beaucoup.

De retour sur le canapé, Étienne se mit à masser le cou et les épaules de Florence, appuyant du bout des doigts sur les creux situés entre ses omoplates.

Florence soupira de bien-être. Elle ne s'était pas rendu compte que sa nuque était aussi tendue. Ne pas avoir à regarder Étienne dans les yeux lui facilitait la tâche pour lui dire ce qu'elle avait sur le cœur.

— La nuit dernière… il s'est passé quelque chose… de mal… commença-t-elle.

Elle trébuchait sur les mots, mais était déjà soulagée d'avoir osé amorcer la discussion.

Elle devait tout raconter à Étienne.

— Quelque chose avec Josh et Tony.

Étienne plaça ses mains sur les épaules de Florence.

— Ni l'un ni l'autre m'a dit que c'était mal, lui murmura-t-il à l'oreille. Au contraire, ils m'ont plutôt dit que c'était très bien.

Florence ne trouva pas le courage de se retourner et de l'affronter.

— Tu veux dire que tu es au courant ?

S'il savait, alors pourquoi l'avait-il invitée chez lui ? Et pourquoi s'était-il donné la peine de lui mitonner un bon souper ? Et pourquoi n'était-il pas en colère ? Ou jaloux ? Cette histoire n'avait aucun sens.

— Bien sûr que j'sais ! Mais t'inquiète pas, j'suis pas fâché, expliqua Étienne en recommençant à lui masser les épaules. Tu m'aimes, pas vrai, bébé ?

Florence sentit des larmes surgir au coin de ses yeux.

— Tu le sais que je t'aime. Je t'aime tellement, Étienne. T'es le seul gars avec qui j'ai envie d'être.

Ses larmes coulèrent, chaudes et abondantes. Florence les chassa du revers de la main.

Elle sentit qu'Étienne se levait. Un instant plus tard, il se rassoyait, mais plus près d'elle encore, son visage à seulement quelques centimètres du sien. Il essuya ses joues d'une main.

— Écoute-moi bien. J'suis content que t'aies passé du bon temps la nuit dernière. J't'aime, poupée. Et quand on aime quelqu'un, on veut qu'il ait du bon temps… et qu'il expérimente la vie. Tant que j'reste celui qu'tu aimes, c'est tout c'qui compte. Tu comprends ?

Florence renifla et essaya de se concentrer sur les paroles d'Étienne. Peut-être avait-il raison après tout. Si on aime quelqu'un, on doit le laisser expérimenter la vie, non ? Au fond de son cœur cependant, Florence savait qu'elle ne supporterait pas qu'Étienne fasse l'amour avec une autre. Elle ressentit une douleur dans la poitrine à cette seule pensée. Cela voulait-il dire qu'elle ne l'aimait pas vraiment ? Pourtant, elle l'aimait ! Pourquoi l'amour était-il aussi compliqué ?

— C'est toi que j'aime, déclara Florence en enlaçant Étienne et en fixant ses yeux sombres. Seulement toi.

CHAPITRE 11

— Est-ce que ça fait mal ? demanda Gabrielle.

— C'est comme s'il me pinçait. Fort, marmonna Florence.

Elle était assise à califourchon sur une chaise, tandis que Rob, l'artiste tatoueur, travaillait sur le bas de son dos.

L'aiguille était fine, mais elle était fixée à un embout en acier inoxydable long de quinze centimètres. Gabrielle cligna des yeux en le regardant faire.

— Tiens, serre ma main, offrit-elle à Florence.

— Je pense que tu souffres plus que moi, déclara Florence en prenant la main de son amie pour la relâcher aussitôt. Ouache ! Ta main est moite !

— Essaie de pas bouger, conseilla Rob à Florence en ajustant le tube d'encre bleue relié à l'aiguille. C'est un travail délicat.

Rob avait encore plus de tatouages que Dennis Rodman, le joueur de basket-ball. En fait, les tatouages qui recouvraient ses bras et ses jambes ressemblaient davantage à des vêtements qu'à de la peau. La plupart représentaient des dragons qui crachaient du feu ou qui agitaient leur queue couverte d'écailles.

Florence, elle, se faisait tatouer les lettres É. J. B. – les initiales d'Étienne – au creux des reins, dans un caractère gothique.

— Juste au-dessus de mes fesses, avait-elle précisé à Rob, quand Gabrielle et elle étaient venues en repérage, la semaine précédente.

Gabrielle avait tenté de dissuader Florence de se faire tatouer, mais devant son entêtement, elle avait fini par abdiquer et lui offrir de l'accompagner.

— Si tu es décidée à le faire, il faut que l'endroit soit super propre et que tu sois sûre qu'ils réutilisent pas les aiguilles. Sinon, tu risques d'attraper l'hépatite ou même le sida, l'avait prévenue Gabrielle.

— C'est drôle, je suis même pas surprise que tu me fasses la leçon à ce sujet, avait ironisé Florence.

Elles avaient fini par arrêter leur choix sur Rush, un atelier de tatouage et de perçage situé à l'ouest du centre-ville. Les lieux empestaient l'antiseptique, les artistes tatoueurs portaient des gants en latex, et Rob avait insisté pour voir une preuve d'identité.

— T'as plus de dix-huit ans, hein? avait-il répété.

— Bien sûr.

Tout en soutenant le regard de Rob, Florence avait sorti la fausse carte d'identité qu'Étienne lui avait fournie. Elle avait appris qu'il valait toujours mieux regarder les gens droit dans les yeux quand on leur mentait. Gabrielle avait affirmé qu'elle serait incapable de faire une telle chose.

— Je me mettrais à rire ou je sais pas quoi, avait-elle expliqué.

Puis Rob avait demandé à Florence de remplir un formulaire où apparaissaient son nom, son adresse, sa taille, son poids et toute allergie dont elle pourrait souffrir.

Chez Rush, les tarifs étaient plus élevés que dans les ateliers de tatouage mal famés qu'on trouvait près du boulevard Saint-Laurent. Le tatouage allait coûter cinquante dollars même s'il était de la taille d'une pièce de vingt-cinq sous. Florence avait précisé à Gabrielle qu'elle voulait quelque chose de discret.

— Ouais, bien sûr, avait répliqué Gabrielle.

Bonne chance si tu veux me convaincre que c'est discret de se faire tatouer les initiales de son amoureux en haut des fesses.

— Ben quoi ? C'est juste assez discret pour que ma mère le voie pas.

D'après la devanture, Rush était un commerce comme un autre, avec des étalages de bijoux en argent pour tout le corps et de t-shirts. Mais au fond du magasin, on trouvait deux emplacements cloisonnés pour le tatouage et une salle de perçage vitrée, d'où les clients à l'estomac bien accroché pouvaient observer les perceurs à l'œuvre.

Ce qui étonna le plus Florence, c'étaient les clients. Aucun d'eux n'avait l'allure d'un camionneur bourru ou d'un membre d'un gang de motards ; ils ressemblaient drôlement aux gens qui venaient conduire leurs enfants au YMCA et qui faisaient l'épicerie sur l'avenue Monkland.

— Si jamais toi et É. J. B., vous vous séparez, expliqua Rob lorsqu'il eut terminé, je pourrai transformer ses initiales en fleur ou en fée.

Florence lui adressa un regard glacial tandis qu'il l'aidait à se lever.

— On va pas se séparer. Jamais. On est complètement fous l'un de l'autre. En amour par-dessus la tête.

Rob fit la tête de celui qui était désolé d'avoir seulement osé mentionner la chose.

— Eh ben, tant mieux, bredouilla-t-il. Bon, je te laisse jeter un coup d'œil.

Il conduisit Florence devant un grand miroir qui se trouvait de l'autre côté de la cloison.

— C'est un peu enflé, mais ça va se replacer. Je vais mettre une compresse de gaze dessus. Tu l'ôteras dans une heure. Ensuite, tu devras garder le tatouage propre… Et si tu veux pas qu'il pâlisse, protège-le du soleil pour les deux prochaines semaines.

Florence hocha la tête tout en s'approchant du miroir pour inspecter le travail. La zone tatouée était rouge et boursouflée, mais on pouvait lire clairement les initiales É. J. B.

— J'adore ça ! s'exclama-t-elle.

À la caisse, Gabrielle vit Florence sortir un billet rouge de son porte-monnaie.

— Où t'as trouvé ce billet de cinquante dollars ?

— C'est Étienne qui me l'a donné. Il a insisté pour payer le tatouage. C'est normal, c'était son idée.

— Et lui, est-ce qu'il va se faire tatouer tes initiales au-dessus des fesses ?

Elles marchaient vers la station de métro Guy-Concordia. Florence fit comme si elle n'avait rien entendu.

— Est-ce que je t'ai parlé de ce super jean Miss Sixty qu'il m'a acheté ? Et du haut bain-de-soleil rouge à rayures ?

Gabrielle se tourna vers Florence.

— Tu imagines combien ça lui a coûté tout ça ?

— Il est vraiment fou de moi.

— T'es pas gênée d'accepter tous ces cadeaux-là ?

Florence sembla surprise par la question.

— Non. Pas du tout. Je devrais être gênée ?

— Je me le demande, c'est tout. Je crois que si j'étais à ta place, je me sentirais mal. Comme si je lui devais quelque chose en échange. Et puis, tu t'es jamais demandé comment il faisait pour t'offrir tous ces cadeaux juste avec son salaire de garde de sécurité ?

— Je t'ai dit qu'il gagnait un très bon salaire, marmonna Florence presque pour elle-même.

Elle s'immobilisa brusquement et saisit Gabrielle par le coude.

— T'es pas fatiguée, parfois, de te croire meilleure que tout le monde ? lui demanda Florence en plissant les yeux.

— Je posais une question, c'est tout, répliqua Gabrielle en dégageant son coude.

Elles étaient face à face sur le trottoir devant la station de métro. Les passants devaient les contourner pour y entrer.

— Tu sais ce que tu devrais faire ? demanda Florence à Gabrielle.

— Non, quoi ?

— Te déniaiser !

Sur ces paroles, Florence tourna le dos à son amie et remonta la rue Guy à grands pas.

CHAPITRE 12

Il ne regardait pas les écrans de sécurité. Plongé dans sa lecture, il ne la vit pas lorsqu'elle entra dans l'immeuble IBM. Florence fut très surprise de le trouver en train de lire.

Elle n'avait pas eu l'intention de venir, mais après sa dispute avec Gabrielle, elle avait simplement continué à marcher, trop fâchée pour faire autre chose, et avait abouti à cet endroit. Elle espérait seulement qu'Étienne ne lui en voudrait pas d'arriver à l'improviste.

Quand il leva finalement les yeux de son livre, il sembla perplexe. Peut-être était-il simplement très absorbé par sa lecture...

— Puis-je vous aid... Hé, poupée! Qu'est-ce que tu fais ici?

Sa voix résonna dans le grand hall en granit. À part eux, il n'y avait qu'une femme, devant les ascenseurs tout près. Au son du carillon, les portes s'ouvrirent et la femme y entra.

Étienne avait une tout autre allure dans son uniforme… Il était toujours aussi charmant, mais bien plus sérieux. Il portait une chemise kaki unie boutonnée presque jusqu'en haut, avec un pantalon assorti, mais pas du genre très ample comme il avait l'habitude de porter.

Florence examina le livre. C'était *Huis clos*, de Jean-Paul Sartre. C'était l'une des pièces de théâtre préférées de Mme Leroux. « Un classique de l'existentialisme, leur avait-elle dit. Vous allez l'étudier en français, l'an prochain, en secondaire V. »

Elle tenta de se souvenir de ce que Mme Leroux avait dit au sujet de l'existentialisme : « Nous naissons seul et nous mourrons seul ; il appartient à chacun de nous de donner un sens à sa vie. »

— J'ai fait faire le tatouage, lança Florence.

Elle se retourna et se pencha pour qu'Étienne puisse le voir. Il siffla.

— Génial ! Hé, poupée, viens un peu par ici, lui dit-il en tendant un bras. T'as sûrement pas envie que les gens de l'administration admirent ton tatoo eux aussi !

Il lui montra l'un des écrans du circuit fermé.

— Oups, fit Florence en changeant rapidement de place. Gab m'a accompagnée au salon de tatoo, mais ensuite, on s'est disputées. Je savais pas quoi faire, alors je suis venue ici.

— Pauv'bébé, dit Étienne en déplaçant sa frange, qui lui cachait les yeux. Vous vous êtes disputées ? Mais pourquoi ?

Florence baissa les yeux et fixa ses chaussures.

— À propos de toi… genre.

Étienne ne sembla pas surpris.

— Gabrielle m'aime pas, c'est ça ?

— Elle aime pas que je sorte avec toi, répondit Florence d'une toute petite voix.

— Comment ça ?

— Elle pense que je devrais pas accepter tous tes cadeaux.

— C'qui compte, c'est c'que toi tu penses.

— Je pense que tu es formidable.

Étienne lui sourit.

— N'oublie jamais ça, Tiffany, lui murmura-t-il à l'oreille.

— Étienne, es-tu sûr que t'as les moyens de m'offrir tous ces cadeaux ? lui demanda Florence avant de se retourner pour s'assurer que personne ne les écoutait. Même après que ta dette de jeu…

— T'inquiète pas, poupée, tout est sous contrôle.

Florence ne voulait pas s'inquiéter, mais les questions de Gabrielle continuaient à bourdonner dans sa tête avec l'insistance d'un moustique qui ne veut pas s'en aller.

— Les gardes de sécurité gagnent pas autant d'argent, pas vrai ?

— On en gagne pas mal, répliqua Étienne.

Il redressa les épaules, ce qui tendit sa chemise sur sa poitrine.

— J'ai réfléchi en marchant, poursuivit-elle en prenant la main d'Étienne. Je me disais que tu sais tout sur moi, mais que moi, j'ignore tout de toi. Tu m'as jamais raconté ton histoire.

— J'savais pas que t'aimais les histoires.

— Eh bien oui, je les aime. Même si j'ai jamais lu *Huis clos*, déclara Florence en jetant un coup d'œil au livre posé sur le bureau.

— J'pense que t'aimerais ça. Ça parle d'un gars, Garcin, et de deux femmes. Ils sont pris ensemble pour toujours. C'est pour ça que ça s'appelle *Huis clos*.

— Ça a l'air déprimant.

— La plupart des histoires sont déprimantes.

— La tienne aussi ?

Étienne se détourna d'elle, mais continua à parler.

— Ouais, elle est déprimante, mais au moins, elle finit bien.

— Les fins heureuses, ça vaut rien. En tout cas, Mme Leroux dit qu'elles sont pas réalistes.

— C'est qui ça ? Ta prof ?

— Ouais.

— J'suis allé à l'école en Haïti, mais seulement jusqu'en quatrième année.

— Qu'est-ce qui s'est passé après ?

— Plein de choses. Ma sœur Solange est tombée malade. Personne savait ce qu'elle avait. On avait pas d'argent pour payer un médecin. Alors j'suis allé travailler.

Il enchaînait les phrases sans exprimer la moindre émotion, comme s'il lisait une liste d'épicerie.

— Quel genre de travail ?

— Le seul qui existe en Haïti : le travail agricole. Maintenant, tu vas m'demander c'qu'on cultivait, pas vrai ?

Florence hocha la tête.

— Qu'est-ce que vous cultiviez ?

— Des mangues. Tu sais quoi sur Haïti ?

— Pas grand-chose, reconnut Florence. Je crois qu'il y a eu une révolution. Et aussi des inondations terribles, il y a quelques années.

— Sais-tu à quel point les Haïtiens sont pauvres ?

— Je… je crois, oui.

— Si j'lui envoyais pas d'argent, ma mère vivrait avec six dollars par semaine. Et elle a encore quatre enfants à la maison. Ils vivent dans une cabane où y a qu'une seule pièce. Le toit est en paille, expliqua-t-il d'une voix traînante comme s'il voyait cette maison sur une île en plein océan. Quand il pleut, ils dorment sous le lit pour rester au sec.

Étienne observa le visage de Florence, qui pâlissait.

— C'est ça qu'tu voulais savoir ?

Pendant un moment, Florence resta silencieuse.

— Et Solange ?

— Elle est morte.

Étienne avait craché ces mots avec fatalisme. On aurait dit que l'issue impossible du récit de Sartre imprégnait ses paroles et ses pensées.

— Je suis désolée.

— On a pas pu l'emmener à temps chez le médecin. Elle avait les poumons malades. Elle arrêtait pas de tousser. Puis elle est morte. Ça m'a appris une chose.

— Quoi ? demanda Florence d'une voix à peine plus forte qu'un murmure.

— Qu'il faut d'l'argent pour survivre.

— Et c'est pour ça que tu travailles aussi fort ?

Étienne s'esclaffa.

— C'est ça, dit-il. C'est exactement pour ça que j'travaille aussi fort.

— Et ton père ? demanda Florence. Qu'est-ce qu'il fait ?

— M'en parle pas, répondit Étienne en se détournant pour scruter la rue.

Quand il se remit à parler, Florence remarqua qu'il serrait les poings.

— J'ai jamais eu l'plaisir de l'rencontrer. Si ma mère s'était mieux occupée de lui, il serait peut-être resté.

Florence caressa la joue d'Étienne et demanda :

— Et la fin heureuse, dans tout ça ?

Étienne desserra les poings.

— La fin heureuse, c'est qu'avec l'argent que j'lui envoie, ma mère vient d'acheter une feuille de tôle pour le toit d'sa maison. La fin heureuse, c'est que j'suis ici. Avec toi.

Florence eut subitement l'impression que tous ses problèmes étaient petits et insignifiants comparés à ceux qu'Étienne et sa famille avaient surmontés. Elle avait tant de raisons d'être reconnaissante envers la vie. Et plus que tout, elle avait Étienne.

— Je veux t'aider, déclara-t-elle.

Étienne soupira.

— Tu m'aides déjà… Plus que tu penses.

Il plongea son regard dans le sien. Florence frissonna jusqu'au plus profond de son être.

Quand Étienne reprit la parole, sa voix était très calme.

— Écoute, poupée. Josh m'a téléphoné ce matin. Il voudrait t'voir ce soir. J'lui ai dit que j'pourrais sûrement organiser ça.

CHAPITRE 13

— Tes cheveux sont magnifiques. Tellement blonds et soyeux.

Marcel soupira en faisant jouer ses doigts à travers la chevelure de sa jeune cliente.

— Ils ont juste besoin d'une petite retouche. On va couper les pointes fourchues et rafraîchir ton allure.

— Parfait, répondit Florence en s'efforçant de sourire à Marcel dans le miroir.

C'était samedi avant-midi, et Florence ne s'était jamais sentie aussi fatiguée de toute sa vie. Sa nuque était raide, et tout son corps était lourd, même ses paupières. Elle était rentrée chez elle à cinq heures du matin et, malgré son épuisement, elle avait eu du mal à trouver le sommeil. Sa tête ressassait sans cesse les images de sa « sortie » avec Josh. À vrai dire, ils n'avaient pas bougé de la maison.

Ils avaient mangé des mets chinois sur sa terrasse à même les contenants en carton du restaurant.

Il avait ri quand elle lui avait montré le message de son biscuit chinois : «Votre vie est une route aux courbes multiples.»

— Hé, regarde un peu le mien, lui avait-il dit en approchant sa chaise de la sienne. «Votre plus grand désir va se réaliser.» Mon plus grand désir, c'était de t'avoir pour moi tout seul ce soir. Pas de partage.

Il claqua des doigts.

— Et comme par magie, tu es là.

Florence tenta de se convaincre qu'elle «expérimentait» la vie, comme Étienne le lui avait dit. Mais alors, pourquoi n'était-elle pas heureuse de le faire ?

Ce dont elle aurait rêvé ce matin-là, ç'aurait été de rester au lit, la tête sous les couvertures. Mais Étienne l'avait réveillée en téléphonant.

— J'me suis dit qu'ma poupée avait besoin d'être chouchoutée. J't'ai réservé une journée au Spa Monkland. Tu peux être là à dix heures ?

Florence ne connaissait des spas que ce qu'elle avait lu à leur sujet dans les magazines : des femmes s'y prélassaient toute la journée, et on les dorlotait comme si elles étaient Cléopâtre. Et puis Étienne avait raison : elle avait besoin qu'on prenne soin d'elle, et vite ! Elle avait donc sauté dans son jean, avalé sa boisson énergisante aux fraises, au germe de blé et à la lécithine, et s'était précipitée sur l'avenue Monkland.

Le spa était aussi animé que la gare Centrale à l'heure de pointe. Le long des lavabos, au fond du salon, des femmes attendaient qu'on leur lave les cheveux ; d'autres faisaient sécher leur coiffure sous des lampes chauffantes, tandis que trois autres encore se faisaient faire une coloration. Avec leurs mèches de cheveux enveloppées dans du papier aluminium qui se dressaient sur leur tête dans des angles bizarres, elles avaient un petit air extraterrestre.

Florence avait déjà été manucurée et avait reçu un soin des pieds et un soin facial. Quand Marcel en aurait fini avec ses cheveux, elle descendrait au sous-sol pour un bain minéral et un massage. Étienne avait pensé à tout. Il avait choisi les soins et laissé assez d'argent pour les pourboires. Comme toujours, il n'avait oublié aucun détail.

Florence observa Marcel lui couper les cheveux, l'air parfaitement concentré sur sa tâche. Elle jeta un coup d'œil à ses ongles, qui dépassaient à peine des manches du sarrau de coton qu'elle portait. Ils étaient recouverts d'un vernis rose aux reflets argent.

Florence essayait tant bien que mal de se détendre dans le fauteuil, mais en vain. Elle réajustait sans cesse sa position, tâchant d'en trouver une confortable. Ce qu'elle voulait surtout éviter, c'était de croiser son regard. Le plaisir avant la fidélité. C'était la conception de la vie de cette femme qu'elle avait aperçue chez Josh. Étienne avait dit à Florence qu'elle ne lui appartenait pas et qu'il était important qu'elle fasse l'expérience de plusieurs gars. Mais elle était aussi mal à l'aise avec ce qui se passait dans sa vie qu'elle l'était à ce moment précis dans ce fauteuil.

— Excuse-moi...

La femme assise dans le siège voisin sortit Florence de ses pensées.

— Comment s'appelle la couleur du vernis à ongles que tu portes?

Une autre coiffeuse était en train de couper la frange blond vénitien de la femme aux longues jambes.

— C'est Rose bisou, répondit Florence en tendant les doigts comme un chat sort ses griffes.

Florence examina le reflet de la femme dans la glace devant elle. Elle portait un rouge à lèvres mauve et ses yeux étaient cernés. Elle avait l'air encore plus fatiguée que Florence.

— Je m'appelle Hélène, dit la femme en essayant de ne pas bouger la tête. Je t'ai déjà vue au Sous-sol.

Marcel prit son sèche-cheveux sur le comptoir, en démêla le cordon électrique et commença à sécher la chevelure de Florence.

— Est-ce que c'est ta couleur naturelle ? demanda Hélène en élevant la voix pour que Florence l'entende malgré le bruit de l'appareil.

— Ouais.

Quand Marcel eut terminé, les cheveux de Florence étaient parfaitement lisses. Elle ferma les yeux pendant qu'il les vaporisait de fixatif.

— Passe une bonne journée, dit Hélène.

Florence se leva de son fauteuil.

— Tu parles, qu'elle va avoir une bonne journée ! lança Marcel à Hélène. Elle a encore droit à un bain minéral et à un massage. Le traitement royal ! Cadeau de son chum.

Florence redressa les épaules. Elle aimait que les gens sachent qu'elle avait un chum. Et surtout qu'il était aussi généreux.

— Il a l'air drôlement gentil, ce chum, fit remarquer Hélène.

III

Hélène était en train d'appliquer du rouge à lèvres quand Florence entra dans le vestiaire pour y déposer son sarrau dans un panier en osier.

— T'es une vraie beauté, laissa tomber Hélène nonchalamment. Si je peux me permettre un petit conseil… ajouta-t-elle en baissant le ton.

— Oui ?

— Tu dois projeter une image plus affirmée. Ton chum sera incapable de résister à une femme pleine d'assurance. Et quand tu marches, tu devrais te déhancher davantage. Regarde, je vais te montrer.

Hélène fit quelques pas en balançant les hanches d'une façon qui faisait ressortir ses fesses. Florence dut admettre que cela lui donnait une allure très sexy.

Hélène émit un sifflement admiratif quand Florence essaya à son tour.

— Tu apprends vite, lança-t-elle.

Toutes deux éclatèrent de rire.

III

Des vagues se brisaient sur la grève, et des oiseaux pépiaient du haut des arbres. D'habitude, Florence avait horreur de la musique Nouvel Âge, mais là, elle l'appréciait. Même l'encens au parfum de patchouli lui plaisait au lieu d'irriter son nez. Une seule chose la préoccupait : comment ferait-elle pour quitter cette table de massage et reprendre le cours normal de sa vie ?

Florence tourna la tête d'un côté, puis de l'autre. La masseuse avait fait disparaître toute trace de courbature.

On cogna à la porte.

— Excusez-moi, mademoiselle, fit une voix. Il y a un message pour vous. Votre petit ami a téléphoné pour dire qu'un taxi vous attendrait à l'extérieur lorsque vous partirez.

— Merci, répondit Florence.

Elle prit une dernière grande respiration, puis elle descendit doucement de la table de massage. Le drap qui la recouvrait tomba par terre.

Florence se sentait parfaitement détendue. Si seulement elle pouvait rester aussi calme et aussi bien qu'elle l'était à cet instant précis. Elle avait très hâte de remercier Étienne pour ce cadeau digne d'une princesse.

Mais quand elle s'approcha du taxi, Florence vit que ce n'était pas Étienne qui était assis sur la banquette arrière. C'était quelqu'un d'autre.

Pendant une seconde, elle pensa qu'elle s'était trompée de taxi. Puis une voix ronronnante lui parvint de la banquette arrière :

— Monte vite, Tiffany.

C'était Hélène.

Quand Florence jeta un coup d'œil au chauffeur, elle frémit. C'était l'homme qui les avait conduits, Étienne et elle, au loft de Josh, quelques soirs auparavant. Était-ce une simple coïncidence ?

CHAPITRE 14

— Où est Étienne ? demanda Florence en croisant son reflet dans le rétroviseur extérieur de la voiture.

En cet instant, même une chevelure parfaite ne pouvait réussir à lui redonner le sourire. Elle sentit une tension douloureuse à la base de sa nuque. Adieu, les bienfaits du massage !

— Étienne a été appelé au travail. Il nous a demandé de venir te chercher, expliqua Hélène.

Sa voix était moins amicale que plus tôt au spa. Elle avait le ton plus cassant, plus autoritaire.

— Je te présente Dimitri, ajouta-t-elle en désignant du menton le chauffeur du taxi.

Dimitri hocha la tête en la regardant dans le rétroviseur. S'il avait reconnu Florence, il n'en laissa rien paraître.

— Où est-ce qu'on va ? pesta Florence en se montrant plus effrontée qu'elle ne l'était en vérité.

— Faire une petite promenade, répondit Hélène.

Elle tapota la cuisse de Florence comme si celle-ci était une fillette qui venait de s'écorcher un genou en tombant sur le trottoir.

La voiture s'engagea sur l'autoroute Décarie en direction du centre-ville.

— Maintenant qu'on a un peu de temps devant nous, je vais t'expliquer les règles du jeu.

— Quel jeu? fit Florence en haussant les épaules.

Hélène avait une façon étrange de s'exprimer; elle parlait de façon énigmatique.

La femme éclata de rire, et de petites rides apparurent autour de ses yeux.

— Le jeu... Tu joues dans la cour des grands maintenant, Tiffany. Tu l'as pas encore compris?

Florence resserra son blouson en denim autour de ses épaules. Elle ne savait absolument pas de quoi Hélène parlait, mais chose certaine, il ne s'agissait pas du Serpents et échelles.

— Est-ce que ça a... quelque chose à voir avec... Étienne? risqua-t-elle.

Elle sentit sa gorge se serrer en prononçant son nom.

— Oh! Quelle perspicacité!

Lorsqu'Hélène sourit, Florence put voir toutes ses dents.

— Il t'a choisie, reprit-elle.

— Je le sais, répondit Florence en commençant à se sentir un peu plus en confiance.

Au moins, elle semblait comprendre le lien qui l'unissait à Étienne.

Hélène continua à parler sans porter la moindre attention à la remarque de Florence.

— J'imagine qu'il t'a raconté toute l'histoire de sa pauvre maman et de la mort de sa sœur malade, poursuivit-elle.

Florence hocha la tête.

— Bien sûr! Étienne a traversé tellement d'épreuves...

— Ça, c'est sûr... Et maintenant, il se sert de son expérience pour obtenir ce qu'il veut. Il repère les filles comme toi des kilomètres à la ronde. Des filles qui aiment les jolies choses, qui ont besoin d'attention, qui s'ennuient de leur papa. Ou parfois des filles comme moi: celles dont le papa était un peu trop amical avec elles.

Florence écarquilla les yeux. Hélène était-elle en train de lui dire que son père l'avait agressée?

Pas étonnant qu'elle semble être si dure.

— C'est plus important maintenant, reprit Hélène en agitant la main comme si ce simple geste pouvait balayer les souvenirs. Je t'explique comment ça marche : Étienne est le patron, toi, tu fais partie de l'écurie, moi, je suis sa *top*.

— Sa quoi ?

Quel genre de femme pouvait se présenter comme étant une prostituée et en être fière ?

— Sa *top*. Sa plus ancienne dans l'écurie, si tu préfères, répéta Hélène en regardant Florence droit dans les yeux. Je suis avec lui depuis qu'il est débarqué d'Haïti.

Les bracelets en or au bras d'Hélène tintèrent. Étaient-ils eux aussi des cadeaux d'Étienne ?

— Tu es déjà sortie avec Étienne ?

Hélène lui répondit d'une voix glaciale :

— On sort encore ensemble.

Florence en resta bouche bée. Elle sentit une douleur foudroyante naître dans sa poitrine. L'espace d'une seconde, elle eut l'impression qu'elle n'arriverait plus à respirer. L'air semblait coincé dans ses poumons. Elle voulait dire à Hélène que tout cela n'avait aucun sens, que c'était *elle* la blonde d'Étienne, mais elle n'arriva pas à produire le moindre son.

— Il a d'autres filles comme toi, continua Hélène, mais il revient toujours à moi.

Elle avançait souvent le menton quand elle parlait, ce qui étirait encore plus son long cou. L'image rappela à Florence celle d'une jument qui remporte une course.

— Je veux pas faire partie de son écurie, protesta Florence en haussant le ton.

Bien que la voiture ait été climatisée, elle sentait des gouttelettes de sueur perler sur ses tempes et sa nuque. Elle leva les yeux vers le rétroviseur dans l'espoir d'y croiser le regard de Dimitri, mais celui-ci avait les yeux fixés sur la route. Florence devina aussitôt qu'il ne ferait rien pour l'aider.

— T'as pas le choix, déclara Hélène en se massant les mains. Tu vas aller avec tous les gars qu'Étienne choisira. Et c'est lui qui encaisse l'argent. Toi, tu reçois ce qu'il te faut pour couvrir tes dépenses : vêtements, chaussures, coiffure, manucure… C'est important que tu sois mignonne. Et ta vie continue comme si de rien n'était : ton boulot au camp de jour, puis l'école en septembre. Tu peux prendre un verre à l'occasion, mais pas de drogue. Les clients n'aiment pas les junkies. Tout ira bien si tu parles de ça à personne, pas même à ta petite copine, la frisée…

— Je pourrai pas faire l'amour avec un inconnu, murmura Florence.

Elle se sentait paralysée, captive d'un véritable cauchemar.

— Tu l'as déjà fait, lui fit remarquer Hélène.

Sa voix semblait lasse comme si elle avait déjà répété tout ça plusieurs fois et qu'elle était profondément ennuyée de devoir le redire.

— Rich Taylor était un étranger pour toi. Les deux gars de la soirée dans le Vieux-Montréal aussi. C'est vrai que Josh, hier soir, n'était pas un parfait inconnu, puisque tu te l'étais déjà fait une fois...

Florence sentit une vague de honte la submerger en se remémorant la pièce V.I.P. Comment Hélène savait-elle tout cela ?

— C'étaient des erreurs, murmura Florence en essuyant la sueur qui s'était formée sur son front.

— On fait pas d'erreurs, la corrigea Hélène. Ce sont nos erreurs qui nous font. Et tes erreurs ont fait de toi une pute.

Florence manqua de s'étouffer.

— Reviens-en ! On est toutes des putes. Mais y en a juste quelques-unes qui sont payées.

Ils avaient quitté l'autoroute. Dimitri ralentit. Florence fit un geste vers la poignée de la portière.

Elle devait descendre de la voiture. Son regard croisa celui de Dimitri dans le rétroviseur. Il ne prononça pas un mot, mais ses yeux lui interdirent tout mouvement : pas un geste, sinon... Florence laissa retomber sa main sur ses genoux.

La voiture se faufila dans les rues encombrées du quartier chinois et remonta le boulevard Saint-Laurent. Ils se trouvaient dans le pire quartier de Montréal, et Florence le savait. Ils passèrent devant un cinéma tout décrépi qui présentait des films porno, puis devant un bar qui annonçait sur sa façade des danses contacts à dix dollars.

Au feu de circulation, Florence remarqua une femme vêtue d'une minijupe ultra-moulante en simili léopard et de longues cuissardes en vinyle. Soudain, elle se retourna et scruta l'intérieur du taxi. De dos, elle avait presque l'air d'une adolescente, mais quand Florence l'aperçut de face, elle se rendit compte qu'elle avait probablement la quarantaine. L'âge de sa mère. Le visage farouche de la femme n'était qu'à quelques mètres du sien. Florence eut un mouvement de recul et rentra les épaules pour se faire toute petite sur la banquette arrière.

— T'as pas envie de finir comme elle, pas vrai ?

demanda Hélène. Travailler dans la rue, chercher les clients…

Florence ne répondit pas.

— Alors, c'est ça que t'as envie de faire ?

— Non, lui répondit Florence d'un ton catégorique.

Elle avait compris qu'elle devait répondre à Hélène si elle voulait qu'elle cesse de se moquer d'elle.

Tandis que la voiture se dirigeait vers le nord, Florence se retourna pour regarder la prostituée. Une voiture s'était arrêtée au carrefour. La femme était penchée à la fenêtre du conducteur. Elle concluait une affaire. Florence détourna les yeux.

— Étienne t'apprécie beaucoup, dit Hélène.

Sa voix s'était radoucie, mais Florence avait compris que ce n'était qu'une façade pour dissimuler toute la dureté qui l'habitait.

— Et il sait comment prendre soin d'une femme, ajouta-t-elle.

— Il m'aime, répliqua Florence.

Elle se servait des mots comme d'un bouclier et s'y accrochait avec l'énergie du désespoir. Mais étrangement, les mots sonnaient faux même à ses propres oreilles. Si Étienne l'aimait vraiment, pourquoi voudrait-il qu'elle fasse partie d'une « écurie » de prostituées ? Et pourquoi continuait-il de fréquenter Hélène ? Comment toute cette histoire pouvait-elle être vraie ?

— Bien sûr qu'il t'aime.

Cette fois, quand Hélène voulut lui tapoter le genou, Florence se dégagea.

— Te fâche pas, murmura Hélène. Tu vas avoir besoin de moi. Dans l'écurie d'Étienne, c'est moi qui m'occupe des filles.

— Il y en a combien ? demanda Florence sans se tourner vers Hélène.

C'était une question difficile à poser, mais Florence avait besoin de savoir.

— Six avec toi.

Florence prit une grande respiration.

— Comment il fait pour toutes les voir ? demanda-t-elle en baissant les yeux sur les tapis couvrant le plancher de la voiture.

Hélène éclata de rire.

— Étienne est un homme occupé. Il dort pas beaucoup.

Ils avaient fait demi-tour et étaient de nouveau en route vers le centre-ville. Florence savait qu'elle devait réfléchir à ce qu'Hélène venait de lui dire, mais elle en était tout simplement incapable. C'était trop gros... Cette histoire lui apparaissait comme une caverne sombre dans laquelle elle avait peur d'entrer, car si elle s'y aventurait, elle pourrait bien ne jamais en retrouver la sortie.

Florence se concentra sur l'intérieur du taxi. Le compteur ne fonctionnait pas. Elle regarda ensuite la photo de Dimitri accrochée au-dessus de l'attache de sa ceinture de sécurité. C'était une vieille photo noir et blanc aux bords abîmés.

Dimitri se gara devant l'hôtel Royal Regency. Il descendit de la voiture, en fit le tour et vint ouvrir la portière à Florence. Quand elle le regarda, elle constata que son visage était sans expression.

Hélène tira une carte magnétique de son sac à main.

— Ton client t'attend dans la chambre 904.

— 904 ? C'est la chambre de Richie Taylor, non ?

En songeant à la suite de Richie et à la façon qu'il avait eue d'admirer sa peau, Florence se sentit un peu mieux.

— C'est pas la chambre de Richie, c'est celle d'Étienne, articula Hélène comme si elle était une enseignante expliquant une leçon à une élève qui n'y comprend rien.

— Étienne ? Pourquoi il a une chambre ici ? demanda Florence en devinant la réponse au même moment.

La nuit avec Richie n'était pas arrivée par hasard : Étienne avait tout arrangé. Florence se souvint ensuite de la façon dont il avait quitté la fête, au loft, sans même se retourner pour la regarder. Avait-il planifié depuis le début de la laisser en compagnie de Josh et de Tony ? À cette pensée, Florence sentit son estomac se nouer.

— Écoute, Tiffany, dit Hélène en dévisageant Florence. Tu veux jouer avec les grands, eh bien, agis comme les grands. Maintenant, sois gentille et monte là-haut. Dimitri et moi, on t'attend ici.

Florence se mordit les lèvres. Elle prit la carte magnétique et fila.

CHAPITRE 15

— Je suis pas un cheval ! cracha Florence
à Étienne sitôt qu'il lui ouvrit la porte de son
appartement.

Les mots l'avaient hantée toute la matinée.
Comme Étienne ne répondait pas au téléphone,
Florence avait décidé de se rendre chez lui dès que
sa mère serait partie à son *satsang*.

— De quoi tu parles, Tiffany ?

Étienne frottait ses yeux endormis. Il portait
un boxer gris et une camisole blanche.

— Hélène m'a tout dit à propos de ton…

La voix de Florence flancha lorsqu'elle voulut
prononcer le mot « écurie ».

— OK, calme-toi ! Si tu continues à t'énerver,
tu vas réveiller tous les voisins, répliqua Étienne en
l'agrippant par les poignets et en la tirant à l'intérieur.

— Y a quelqu'un d'autre ici ?

Florence balaya l'appartement du regard à
la recherche d'indices de la présence d'un autre

visiteur. D'une autre femme. Des chaussures, un sac à main… Mais elle ne vit rien.

— Y a personne d'autre ici, poupée, dit Étienne en lui pinçant le bout du nez.

Il se pencha pour l'embrasser. Florence détourna le visage.

— Hélène dit que t'as plein d'autres filles. Dans ton « écurie ».

Cette fois, elle avait réussi à prononcer le mot.

— Hélène exagère. Hé, bébé, j'suis fatigué. Viens t'étendre avec moi.

— J'veux pas m'étendre avec toi, j'veux parler.

Quand Florence tapa du pied, Étienne esquissa un sourire moqueur. Elle voulait qu'il la prenne au sérieux, mais il semblait plus amusé que contrarié.

— On parlera plus tard. Promis.

Cette fois, elle le laissa l'embrasser. Quand il la tira dans le lit avec lui, elle respira à fond son odeur familière. Les draps étaient encore tièdes.

— T'es la meilleure au monde, lui ronronna Étienne à l'oreille.

Il la tenait dans ses bras et ils se faisaient face. Ils avaient repoussé les draps jusqu'à leurs chevilles. Le soleil du matin entrait à flots par la fenêtre. Au plafond, le ventilateur bourdonnait faiblement.

— T'es sûr de ça ? Meilleure qu'Hélène ?

Florence aurait préféré ne pas avoir à poser la question.

Quand Étienne s'esclaffa, Florence sentit tout son corps se détendre... même ses orteils.

— Meilleure que n'importe qui, lui assura-t-il.

Florence soupira. Malgré tout ce qui s'était passé, Étienne savait encore quoi faire pour qu'elle se sente bien. Quand elle lui passa les bras autour du cou, elle constata à quel point elle était incapable de lui résister. Elle aurait aimé pouvoir le faire, mais elle n'y arrivait tout simplement pas. Elle ferma les yeux et essaya de faire comme si ce moment allait durer toute l'éternité.

Le rythme régulier de la respiration d'Étienne la calma et la rassura. Mais Étienne et elle avaient encore des choses à tirer au clair.

— Je veux pas me taper d'autres clients... commença-t-elle à murmurer.

— J'comprends comment tu t'sens, Tiffany, l'interrompit Étienne en la berçant contre lui, mais t'as dit qu'tu voulais m'aider.

— Je veux t'aider, mais je veux pas... tu sais... baiser avec des inconnus. Faire ça, c'est trop pour moi.

Elle prononça ces mots en le regardant droit dans les yeux, certaine qu'il comprendrait comment elle se sentait.

— Je veux faire l'amour juste avec toi, dit Florence.

Elle prit une grande respiration, puis ajouta :

— Et je veux que toi, tu fasses l'amour juste avec moi.

Étienne émit un grognement amusé.

— Mais tu dois l'faire, dit-il en caressant ses cheveux blonds.

Florence s'éloigna de lui.

— Je dois quoi ?

— Tu dois l'faire encore. Pour moi.

C'était exactement ce qu'elle avait redouté d'entendre. C'étaient les mots qui l'avaient hantée toute la nuit.

— Je le ferai pas. Je peux pas le faire ! s'écria Florence en enfouissant son visage dans ses mains.

Puis elle se leva sans dire un mot et enfila son jean et son t-shirt. Elle entendit Étienne la suivre jusque dans le salon. Florence ne se retourna pas pour le regarder.

— J'ai quelque chose à t'montrer. Ça t'fera peut-être changer d'idée.

— De quoi tu parles ? s'étonna Florence.

Elle s'était assise sur une chaise pour mettre ses chaussures, mais elle eut soudainement l'impression que tout autour d'elle, y compris Étienne, lui apparaissait sous un angle bizarre.

Étienne s'empara de la télécommande qui traînait sur la table à café en verre et appuya sur un bouton.

— Si tu refuses de continuer, j'vais être obligé d'envoyer une copie de la vidéo à ta mère… et à tous ses amis du centre de méditation.

Florence tressaillit en apercevant la première image. Le long dos musclé d'Étienne recouvrait son corps pâle. Elle était allongée sous lui, la bouche entrouverte.

— Éteins ça ! cria-t-elle.

— Pourquoi ? J'aime bien nous voir dans l'feu d'l'action !

Florence arracha la télécommande des mains d'Étienne. L'écran devint noir.

— Qui a filmé ça ? Y avait quelqu'un d'autre ici pendant qu'on faisait l'amour ?

— T'inquiète pas ! ricana Étienne. J'ai fixé mon caméscope à une tablette au-d'ssus d'mon lit. Hé ! Tu fais la timide ! J'aurais jamais cru ça d'une fille aussi hot que toi.

— Jette ça !

Florence attrapa un coussin sur le sofa et le serra contre sa poitrine. Étienne rigola de plus belle.

— Même si j'la jetais, j'en ai une autre copie planquée ailleurs. Au cas où.

Puis le regard d'Étienne s'adoucit. Quand il s'adressa à nouveau à elle, sa voix était redevenue affectueuse.

— J'te l'ai dit : ça veut rien dire c'que tu fais avec d'autres gars. Peu importe c'que tu fais. Tout c'qui compte, c'est nous deux. Toi et moi, Tiffany.

Parce qu'elle désirait le croire plus que tout au monde, Florence cessa de discuter.

CHAPITRE 16

Gabrielle consulta sa montre. Florence leva les yeux vers le cadran et se mordit les lèvres.

Il était déjà trois heures dix et chacune d'elles attendait les parents qui tardaient à arriver. La température avait grimpé à près de trente degrés, et le ventilateur du local du YMCA ne faisait que brasser l'air chaud. Florence jeta un coup d'œil du côté de la rue. Dimitri serait bientôt là.

— Ma mère est toujours à l'heure d'habitude, dit le campeur de Gabrielle.

Il avait les mains enfoncées dans les poches de sa salopette tachée de gazon et semblait inquiet.

Gabrielle l'entoura de ses bras et lui dit :

— Je suis sûre qu'elle est en route, Justin.

— Ma mère est toujours en retard, déclara la campeuse de Florence, une fillette aux tresses blondes.

— C'est bien ma chance, marmonna Florence pour elle-même.

— On devrait peut-être appeler leurs parents, proposa Gabrielle.

C'était la première phrase complète que les deux filles échangeaient depuis le début de la journée.

— J'imagine que oui, répondit Florence sans regarder son amie.

— J'y vais.

Florence hocha la tête.

— Hé, regardez! Nos mamans sont là! s'écria Justin.

Les deux enfants ramassèrent leurs sacs à dos et se ruèrent dehors.

— Tu veux qu'on rentre ensemble à pied? demanda Gabrielle.

— J'ai d'autres plans, répondit Florence en voyant le taxi de Dimitri se garer au bord du trottoir.

Gabrielle sortit de l'immeuble à la suite de Florence.

— C'est qui cet homme?

— Personne que tu connais.

— *Toi non plus*, je te connais plus, répliqua Gabrielle.

Florence lui tournait le dos, mais elle fit brusquement volte-face.

— Gab, pourquoi tu te mêles pas de tes affaires ?

Florence regretta aussitôt d'avoir prononcé ces paroles. Elle n'avait pas l'intention de repousser constamment Gabrielle. Si seulement elles pouvaient revenir à l'époque où tout était plus simple, où les magazines de mode et les devoirs de maths étaient leurs seuls soucis.

Mais il n'y avait rien à faire. Cette fois, c'était Gabrielle qui lui tournait le dos et qui s'empressait de descendre la rue.

Et puis, Dimitri l'attendait.

III

Florence regrettait de ne pas avoir le temps de se doucher. Elle se sentait sale. Crasseuse, même. Pas seulement parce qu'elle avait passé l'aprèsmidi au terrain de jeu avec ses campeurs, mais bien plus à cause de ce qu'elle s'apprêtait à faire. Même si ce genre de saleté ne partirait pas sous la douche.

Elle aurait aimé avoir quelqu'un à qui se confier. Dans un sens, c'était exactement comme si Gabrielle et elle se livraient un combat. Il était clair que son amie n'approuverait rien de toute cette histoire.

Quand Florence se glissa dans le taxi, une image de la vidéo d'Étienne ressurgit dans son esprit. Elle tenta de la repousser, mais elle continua de s'imposer. Une certitude envahit alors la jeune fille : si jamais sa mère visionnait cette vidéo, elle ne s'en remettrait pas. Et aucune séance de yoga ou de méditation ne soulagerait sa peine.

— Vous parlez jamais ? demanda-t-elle à Dimitri.

Dimitri jeta un coup d'œil dans le rétroviseur et y croisa son regard.

— Presque jamais.

— Eh bien, ça fait au moins deux mots. Est-ce que vous me conduisez au Royal ?

— Non, pas aujourd'hui.

— Pourquoi ?

Dimitri haussa les épaules.

— Où est-ce qu'on va alors ?

— Tu verras.

— Vous êtes pas très amusant.

— Je fais mon travail, c'est tout, répondit Dimitri, dont les yeux étaient à nouveau rivés sur la route.

Florence ne répliqua rien. *Son travail.* Était-ce ce qu'elle était en train de faire elle aussi ? À cette pensée, elle se sentit triste. Et désespérée.

Dimitri gara la voiture dans un stationnement, près du Centre Bell.

— Ton client t'attend dans cette voiture, dit-il en désignant du menton une berline noire dont le moteur tournait. Il s'appelle Henri.

Florence prit une grande respiration, tandis que Dimitri l'aidait à s'extirper du siège arrière.

— Je vais rester dans le coin, lui murmura-t-il sans la regarder.

Son regard était braqué droit devant lui comme s'il était encore au volant de la voiture, les yeux rivés sur la route.

III

Elle avait déjà croisé Henri au Sous-sol. Cheveux foncés, raie dans le milieu. Pourquoi personne ne lui avait-il jamais conseillé de s'offrir une coupe de cheveux convenable ? Ç'aurait été un service à lui rendre.

— J'ai pensé qu'on pourrait aller faire un tour, déclara Henri en tapotant le volant d'un doigt.

— Incroyable, cette vague de chaleur, non ? lança Florence, essayant de faire la conversation.

Après quelques semaines d'expérience, elle avait compris que certains hommes étaient plus intéressés à discuter qu'à faire autre chose. « Leurs femmes les écoutent pas, lui avait expliqué Hélène. Une femme qui les écoute, ça les excite... autant que des gros seins ou un beau petit cul. »

— J'ai monté mon entreprise de A à Z, raconta Henri tandis qu'ils sortaient du stationnement. Maintenant, j'ai onze employés à temps plein.

Florence hocha la tête, faisant mine d'être intéressée. Henri lui expliqua en quoi consistait son métier d'entrepreneur en rénovation. Quand un client voulait rénover sa maison, Henri lui recommandait des plombiers, des électriciens, des menuisiers et d'autres ouvriers.

— Je suis un intermédiaire. Moi, je me salis pas les mains, déclara-t-il en examinant ses doigts pâles qui agrippaient le volant. Je mets les gens en contact.

— Vous devez être très occupé l'été, dit Florence.

Elle sourit à Henri, mais ne put s'empêcher de s'imaginer ailleurs. Elle se voyait paresser avec Étienne ou assise sur son tapis rose pâle, en train de lire le *Cosmo* avec Gabrielle. Elle avait eu tellement hâte de grandir... Maintenant qu'elle jouait dans la cour des grands, elle ne souhaitait plus qu'une chose : redevenir une petite fille.

— T'as deviné.

Henri effleura son genou au passage lorsqu'il tendit le bras pour allumer la radio. Il passa d'une station à l'autre jusqu'à ce qu'il en trouve une qui lui plût.

— Du soft rock, ça te va ?

— Bien sûr, mentit Florence.

Elle considérait le soft rock comme de la musique pour les vieux, mais elle se doutait bien qu'Henri ne raffolait pas du rap.

— Où on va ? demanda-t-elle.

Elle venait de se rendre compte qu'ils traversaient un quartier industriel qu'elle ne connaissait pas. Florence se retourna pour jeter un coup d'œil derrière la voiture. Un camion de déménagement lui bloquait la vue. Où était Dimitri ?

— Je voudrais te montrer mon bureau, déclara Henri en se garant dans un petit stationnement.

Quand il éteignit le moteur, Florence défit sa ceinture de sécurité et fit un geste en direction de la poignée de la portière.

— Non, fit Henri en attrapant sa main.

Ses doigts étaient froids et moites. Florence sourit tant bien que mal.

— Je croyais que vous vouliez me montrer votre bureau...

— C'est vrai, dit-il d'une voix bourrue, mais avant, je veux que tu fasses quelque chose.

Florence pensa qu'il allait l'embrasser. Elle se trompait. Il passa plutôt un bras derrière elle et empoigna son épaule droite en la serrant fort du bout des doigts pour la forcer à se pencher. Florence avait le visage à quelques centimètres de son entrejambe. Il portait un pantalon habillé noir.

L'épaule de Florence élançait à l'endroit où il avait planté ses doigts. Elle voulut se défaire de son emprise, mais n'y arriva pas. Il la maintenait clouée à son siège.

Elle sentit qu'Henri était très excité. Elle ferma les yeux bien fort.

— On devrait y aller... essaya-t-elle de dire.

Elle entendit Henri ouvrir la fermeture éclair de son pantalon. Il déplaça sa main derrière son cou et appuya encore plus fort. Florence comprit ce qu'il attendait d'elle. Elle plongea une main dans son sac pour y prendre un condom.

Au moment où elle ouvrit la bouche, elle posa les yeux sur le cendrier. Il débordait de cendres et de mégots de cigarettes. Florence remarqua une boulette de gomme verte. Mâchait-elle de la gomme lorsqu'elle était montée à bord de l'auto ? C'était bizarre les trucs auxquels elle pouvait penser quand elle faisait quelque chose contre son gré.

Quand elle entendit Henri gémir, Florence essaya d'imaginer que c'était Étienne.

CHAPITRE 17

Ils passèrent presque toute la nuit ensemble. Juste tous les deux. Comme Étienne le lui avait promis.

Le jeune homme l'avait invitée au centre sportif privé dont il était membre. Ils avaient mangé une salade aux crevettes et siroté des cappuccinos au bar, près de la piscine. Puis ils avaient paressé ensemble dans le bain à remous, se faisant masser les mollets et les épaules par les puissants jets d'eau. C'était une vraie sortie en amoureux... Pas le genre de rendez-vous minables que Florence avait connus au cours des dernières semaines.

C'était difficile de garder rancune à Étienne. Il lui tenait la main dans le bain à remous et l'embrassait dans le cou. Quand il plongea ses yeux dans les siens, Florence sentit tout son être frissonner. Malgré tout le reste.

— Gab et moi, on s'est encore disputées, annonça-t-elle par-dessus le bruit du moteur du bain à remous. Je lui ai dit de se mêler de ses affaires.

Étienne caressa sa main. Leurs doigts étaient tout plissés à cause de l'eau chaude.

— Faut pas t'disputer avec Gab, Tiffany. Elle a besoin d'toi. Et on a besoin d'elle.

Florence se redressa.

— De Gab? Pourquoi? Pour... ton écurie?

Elle fixa Étienne par-dessus les remous.

— Mais non. C'est pas ça. Gab fait partie d'ton aut'vie. Et tu dois t'arranger pour que cette vie-là soit cool et sans problème. Plus d'disputes, d'ac? J'veux qu'tu gardes ta passion animale juste pour moi!

— D'accord, promit Florence.

Elle se détendit lorsqu'il se pencha vers elle pour l'embrasser et qu'il fit glisser ses doigts sur l'intérieur de ses cuisses, là où la peau était si douce. Parfois, elle aurait tellement aimé être capable de lui résister. Mais elle en était incapable. Tout simplement incapable.

III

Étienne avait raison quand il disait qu'elle avait une autre vie. En fait, elle avait plutôt trois vies, songea Florence en suivant sa mère dans le centre commercial. L'une – de loin la meilleure de toutes – quand elle était avec Étienne, l'autre quand elle était avec un client, et la dernière quand elle était à la maison ou au camp.

Florence faisait de son mieux pour ne pas perdre patience avec sa mère, qui avait insisté pour qu'elle l'accompagne alors qu'elle allait faire l'épicerie au centre commercial.

— Si tu mangeais plus de légumes crus, tu aurais bien plus d'énergie, lui expliquait sa mère.

Elle accrocha son bras à celui de sa fille, et Florence était trop fatiguée pour s'en dégager. Le manque de sommeil des nuits écourtées commençait à la rattraper.

Sentant qu'elle était sur le point de bâiller, Florence se couvrit la bouche d'une main.

— Tu vois ce que je veux dire ? reprit sa mère en secouant la tête. Il faut vraiment qu'on augmente ton énergie *chi*.

S'il y avait une chose dont Florence n'avait pas envie de parler, c'était bien de son énergie *chi*.

— Comment tu trouves ces chaussures ? demanda-t-elle à sa mère.

Elle s'était arrêtée devant une paire de chaussures en jean bleu qui trônait dans la vitrine du

Aldo. Elle se disait qu'elles iraient parfaitement avec sa jupe en jean.

En pensant à cette jupe, Florence se remémora le soir où elle avait fait la connaissance d'Étienne. Cela avait été la plus belle soirée de toute sa vie. À ce moment-là, elle avait eu le sentiment que son avenir ne serait rempli que de bonnes choses. Mais maintenant, tout était différent. Tout était compliqué.

— Elles ne sont pas pratiques, décréta sa mère.

Elle jeta un coup d'œil approbateur à ses propres chaussures, des Birkenstock, et reprit :

— Imagine-toi faire une promenade chaussée de ces petits machins en jean pas solides. Franchement, Florence, il y a des jours où j'ai de la difficulté à croire que tu es ma fille.

— Moi aussi, marmonna Florence pour elle-même.

— As-tu besoin de nouvelles chaussures ?

Florence tressaillit. Cette phrase lui rappela un souvenir. Lorsqu'elle était petite, ses parents lui posaient régulièrement cette question. Quand il était temps de lui acheter une nouvelle paire de chaussures, ils se rendaient tous les trois chez Panda. Une fois, pour lui faire plaisir, ils lui avaient offert en cadeau une paire de petites bottes de cow-boy rouges toutes brillantes. Elle se souvenait encore du clop-clop qu'elles faisaient lorsqu'elle les portait dans la cuisine.

— Non, répondit Florence en croisant les bras et en se détournant de la vitrine du magasin. Je peux prendre mon salaire du camp pour m'acheter ce qu'il me faut.

Sylvie scruta Florence comme si elle était un animal exotique.

— Je suis contente que tu veuilles être indépendante. D'ailleurs, j'ai remarqué un nouveau haut bain-de-soleil à rayures plutôt sexy dans la lessive…

Elle ralentit le pas comme si elle allait dire quelque chose d'important.

— J'espère que tu surveilles les soldes au moins.

Florence se mordit les lèvres pour ne pas rire. Quelquefois, il y avait des avantages à avoir une mère aussi débranchée de la réalité. Sa mère ne s'y connaissait pas plus en griffes mode que Florence en énergie *chi*.

— Très bien alors. Allons jeter un coup d'œil au comptoir des aliments naturels.

— Très bien alors, parodia Florence.

Sylvie sourit sans saisir le mépris dans la moquerie de sa fille.

Deux hommes d'une soixantaine d'années bavardaient sur un banc devant le magasin Hallmark. Ils cessèrent de parler en voyant Florence et sa mère approcher. Florence sut tout de suite qu'ils l'observaient. D'habitude, elle appréciait l'attention qu'on lui portait, mais ce jour-là, cela l'agaçait. L'un des deux hommes avait les cheveux séparés par une raie centrale, comme Henri.

Florence remarqua au loin une tête aux cheveux noirs et frisés qu'elle reconnut aussitôt. C'était Gabrielle, en compagnie de son père et d'Anna. Florence songea à aller les saluer, mais elle se rappela subitement leur dernière dispute. Même si Étienne tenait à ce que cette partie de sa vie reste simple, et même si elle avait dépassé les bornes en se fâchant de la sorte contre son amie, Florence n'était pas prête à pardonner à Gabrielle. Pas encore.

— Hé, maman! dit-elle en entraînant sa mère de force dans les allées de la pharmacie, il nous faut du dentifrice, non?

L'éclairage au néon lui donna aussitôt mal à la tête.

— Tu sais bien que je préfère le dentifrice du magasin d'aliments naturels. Il contient moins d'additifs.

Sylvie regarda sa fille d'un air bizarre.

C'était trop tard. Anna les avait aperçues. Elle avait lâché la main de son père et courait dans l'allée des shampoings à la rencontre de Florence et de sa mère.

— Flo ! appela-t-elle.

Gabrielle et son père entrèrent dans la pharmacie à la suite d'Anna.

— Bonjour Sylvie, dit le père de Gabrielle.

Mal à l'aise, Gabrielle gardait les yeux rivés sur le carrelage blanc.

— On fait un barbecue ce soir, annonça Anna. On s'en va au IGA chercher du bœuf haché et des guimauves. Vas-tu venir souper avec nous ? demanda-t-elle à Florence en levant vers elle des yeux remplis d'espoir.

— Hum, je sais pas, répondit Florence en regardant sa mère.

— Les guimauves, dis-moi, ce n'est pas pour garnir les hamburgers, hein ? demanda Mme Ouimet à Anna d'un air inquiet.

La remarque fit rire la petite.

— Allez, Flo ! Elle peut venir, pas vrai ? demanda-t-elle en se tournant vers son père.

— Bien sûr, répondit-il. Vous êtes la bienvenue aussi, Sylvie. Si vous pouvez, évidemment.

Florence observa sa mère, qui faisait tourner son alliance autour de son doigt.

— J'aurais bien aimé, dit-elle, mais j'ai une séance de méditation ce soir. Bien sûr, Florence peut y aller si elle en a envie.

— Hum, je crois pas, non. Je vais plutôt rester à la maison et manger des hot-dogs au tofu avec ma mère. Le tofu, c'est très bon pour la santé, ajouta Florence à l'intention d'Anna.

Gabrielle cessa de fixer le plancher et roula des yeux.

— Hé, c'est un jean Miss Sixty, pas vrai ? demanda Anna en examinant la griffe sur la poche arrière du jean de Florence. Ça coûte pas, genre, deux cents dol…

Anna s'interrompit à la seconde où elle croisa le regard furieux de Florence.

Par chance, sa mère était occupée à discuter avec le père d'Anna et Gabrielle.

— On peut cuire les saucisses au tofu sur le barbecue, expliquait-elle, à condition de ne pas les y laisser trop longtemps.

Ils se dirigèrent tous ensemble vers le IGA.

— Ça te dérangerait de pas me suivre comme un pot de colle ? demanda Gabrielle à sa sœur. Je dois parler à Florence.

Pendant un instant, Anna sembla déçue, mais elle se ravisa et alla rejoindre en sautillant les deux adultes dans l'allée des légumes.

Avant de parler, Gabrielle s'assura que Florence et elle étaient bien seules.

— Écoute, je suis vraiment désolée de m'être mêlée de tes affaires. C'est juste que j'ai parfois l'impression de plus te connaître. En fait, Flo, je m'inquiète pour toi.

— Tu sais, Gab, peut-être que tu t'inquiètes trop. Je suis pas malheureuse ou je sais pas quoi. Je sors avec un gars super. Un gars incroyable.

Elle insista sur le mot comme si elle pensait véritablement qu'Étienne était incroyable.

— Dans le fond, tu es peut-être juste jalouse.

Gabrielle rougit si intensément que même ses oreilles virèrent au rouge.

— OK, peut-être bien, dit-elle en détachant les mots avec lenteur. C'est vrai que parfois, j'aimerais ça, moi aussi, sortir avec un gars. Un gars qui m'accorderait toute son attention, comme Étienne le fait pour toi. Mais j'ai quand même l'impression que quelque chose cloche dans ton histoire. Tu es toujours fatiguée et de mauvaise humeur, et tu n'écoutes jamais ce qu'on dit…

Florence s'empara d'une boîte de céréales sur un des rayons. La photo d'une famille ornait la boîte. Une maman, un papa et deux enfants à l'air angélique étaient assis autour d'une table ronde. Elle reposa la boîte sur la tablette.

— Qu'est-ce que je fais en ce moment? Je t'écoute, non? C'est toi qui ferais mieux de m'écouter, Gab. Je change, d'accord? Pourquoi tu comprends pas ça?

— Je sais pas. Il y a quelque chose qui m'échappe.

Gabrielle semblait si petite et si triste que Florence ne put s'empêcher de lui prendre une main. Elle se souvint tout à coup d'autres occasions où elles s'étaient tenues par la main: la première journée à la maternelle, un matin d'hiver particulièrement froid en attendant l'autobus scolaire, lors des auditions pour la pièce de théâtre en sixième année…

Florence ne voulait pas perdre Étienne, mais elle comprenait à présent qu'elle ne voulait pas perdre Gabrielle non plus. Gabrielle était comme un lien avec son passé, avec des jours plus simples, avec une époque où un jeu n'était qu'un jeu.

D'ailleurs, Étienne avait raison. Il fallait que son autre vie reste cool et sans problème.

— Écoute, Gab, je veux qu'on reste des amies.

C'est à ce moment que Gabrielle remarqua la rangée de petits bleus sur l'épaule droite de Florence. Il y en avait quatre, tous petits, mais d'une forme ovale facilement reconnaissable : c'étaient des empreintes de doigts.

Gabrielle se couvrit la bouche et s'écria :

— Bon sang, Flo ! C'est lui qui t'a fait ça ?

CHAPITRE 18

Florence avait insisté pour prêter à Gabrielle son haut bain-de-soleil à rayures pour le concert.

— C'est clair que je peux pas le porter, lui avait-elle dit.

Elle ne voulait pas que quelqu'un d'autre puisse remarquer les bleus. Même s'ils avaient pâli et étaient passés du violet au jaune, ils étaient toujours visibles, semblables à une rangée de boutons sur son épaule.

Florence avait ri quand Gabrielle l'avait questionnée à propos de ces bleus : « Peut-être bien qu'Étienne m'a serrée trop fort pendant qu'on... Enfin, tu vois ce que je veux dire... »

Elle avait quand même eu l'impression que Gabrielle ne l'avait pas crue.

Il y avait une autre empreinte de doigt que Gabrielle n'avait pas pu voir. Elle se trouvait sous l'aisselle de Florence, là où le pouce d'Henri s'était enfoncé.

Les yeux pâles de Florence brillaient dans l'obscurité du Centre Bell. Elles allaient assister au concert de Sweet Innocence et étaient assises dans la première rangée. Richie Taylor avait donné deux billets à Étienne pour Florence. Elle avait décidé d'inviter Gabrielle. Elles auraient fait la file toute la nuit qu'elles n'auraient jamais obtenu d'aussi bonnes places. Et comble de bonheur, elles étaient invitées en coulisses après le spectacle.

Florence ferma les yeux quand le groupe commença à jouer. Elle se laissa emporter par la musique. Le grondement de la basse et le rythme de la batterie lui firent oublier, au moins pendant quelques minutes, le piège dans lequel elle était prise. Était-ce pour cette raison que les gens aimaient tant la musique, les films et les livres ? Pour échapper à la morosité de leur vie ?

Après les premières chansons, Richie traversa la scène en dansant et souleva son chapeau de cow-boy pour saluer Florence. La jeune fille lui répondit par un cri de joie.

Même si elle n'était pas du genre à se laisser éblouir par les vedettes, Gabrielle fut impressionnée par le geste du chanteur.

— J'arrive pas à le croire ! Il est venu juste là,

devant nous, cria-t-elle assez fort à Florence pour qu'elle l'entende malgré les décibels.

— Je sais, répondit Florence sans quitter la scène des yeux. Il est beau, pas vrai ?

— Super beau ! confirma Gabrielle.

— Quel âge il a, d'après toi ?

— Difficile à dire, mais il était déjà une vedette quand nos parents étaient ados, alors il doit forcément avoir la fin de la quarantaine. Peut-être même le début de la cinquantaine.

— Tu penses vraiment qu'il est aussi vieux ?

— Regarde son torse ; les poils sont gris.

Le Centre Bell devint silencieux quand Richie, éclairé par un énorme projecteur jaune, s'avança au centre de la scène. Les mains plongées dans les poches arrière de son jean, il se pencha vers le micro comme s'il allait l'embrasser.

— Bonsoir Montréal ! lança-t-il de sa voix rauque.

Il sortit une main d'une poche et s'empara d'une serviette pour essuyer la sueur sur son front avant d'ajouter :

— On a une surprise pour vous, ce soir.

Richie sourit en entendant la foule exploser en acclamations bruyantes.

— On va vous interpréter une nouvelle chanson intitulée *Skin Like Silk*. C'est la toute première fois qu'on la joue en public.

Les spectateurs se déchaînèrent.

— Ouais! rugirent-ils.

Tout à coup, la salle se mit à scintiller d'innombrables petites lumières. Les gens utilisaient leurs cellulaires comme s'il s'agissait de chandelles.

— *She's got skin like silk*, chantaient les membres du groupe dans leurs micros.

Leurs voix s'intensifièrent au fur et à mesure que la chanson progressait.

— *She's got hair like flax. But it ain't what you think. I ain't just another john. She's on the game**...

C'était le genre de mélodie qui donnait envie de chanter. Florence dodelina de la tête au rythme de la musique.

Gabrielle commença par articuler les mots en silence, puis elle se mit à chanter avec les autres spectateurs.

— *Skin like silk*...

Au même moment, Richie regarda Florence

* Sa peau est douce comme de la soie. Ses cheveux sont blonds comme les blés. Mais ce n'est pas ce que tu crois. J'suis pas juste un client et elle, la poupée. Au jeu de l'amour, elle s'est fait piéger...

droit dans les yeux, puis il fit quelque chose d'encore plus inattendu : il lui fit un clin d'œil.

— *I ain't just another john...*

— Oh, bon sang ! s'exclama Gabrielle d'une voix ulcérée.

Elle prononça ensuite le reste de la phrase à voix haute sans la chanter : *I ain't just another john. She's on the game...* Son dos et ses épaules se raidirent.

Elle donna un coup de coude à Florence.

— Ça parle de toi, pas vrai ?

Florence ne prêta pas attention à Gabrielle. Elle était envoûtée, tombée sous le charme de la chanson.

— C'est toi ! Tu t'es fait piéger !

Gabrielle parla si fort que l'homme assis à côté d'elles se retourna.

— Chuuut ! fit-il en posant son index sur ses lèvres.

— C'est juste une chanson, protesta Florence quand le groupe cessa de jouer et que les tonnerres d'applaudissements diminuèrent.

— C'est pas juste une chanson, insista Gabrielle. Ça parle d'une fille à la peau soyeuse et aux cheveux très blonds. Une fille comme toi. Mais c'est une prostituée...

Elle était si fébrile que ses mains en tremblaient.

— Tu sais quoi, Gab ? Tu deviens folle !

— Les cadeaux, les chaussures, les bijoux, les nuits blanches, Étienne… Oh, bon sang ! Et les marques sur ton épaule. Ça commence à avoir du sens, tout ça !

Tant que Gabrielle ignorait tout de ses « activités », Florence pouvait au moins faire semblant qu'elle menait encore une vie normale, mais… Comment Gabrielle avait-elle pu deviner ?

— Mais non ! Tu délires ! insista Florence en haussant le ton.

— Il est tro-o-o-p hot ! s'extasia une voix féminine à l'autre bout de leur rangée.

Les deux filles se tournèrent dans cette direction. La voix était celle d'une femme qui tenait une rose rouge enveloppée dans du cellophane. Sa voisine en tenait une aussi. Elles étaient toutes les deux assez séduisantes, mais d'un style plutôt tape-à-l'œil, avec une mise en plis trop gonflée et bien trop d'ombre à paupières sur les yeux.

— Tu paries qu'elles sont invitées en coulisses elles aussi ? souffla Gabrielle.

III

En voyant leurs cartes d'accès, le garde de sécurité fit signe à Florence et à Gabrielle de passer. En réalité, les coulisses n'avaient rien de très prestigieux. On y trouvait surtout un ramassis de câbles et de lumières. Un projecteur posé par terre servait de bar improvisé. Des cannettes de bière brillaient dans une glacière en plastique ; des bouteilles de vin et de digestifs de toutes les sortes étaient entassées un peu n'importe comment dans une caisse en carton.

Gabrielle avait eu raison à propos des deux femmes aux roses. Elles étaient en coulisses, perchées de part et d'autre de Richie Taylor.

— Tiffany ! lança Richie en apercevant Florence.

Florence sentit que les deux femmes la dévisageaient.

Elle effleura les lèvres de Richie, puis se tourna vers Gabrielle.

— Voici mon amie… Sasha.

— Je m'appelle…

Florence lui décocha un regard glacial qui la fit taire aussitôt.

— Ravi de te rencontrer, Sasha, dit Richie en tendant la main à Gabrielle.

— Le spectacle était formidable, déclara Florence.

Un technicien de scène vêtu d'un jean et d'un t-shirt déchiré arriva près de Richie et lui tapa sur l'épaule.

— Un appel pour toi, Rich.

Puis il ajouta à voix basse :

— De la maison.

— J'en ai pour cinq minutes, annonça Richie à Florence en se dirigeant vers la loge.

— Je m'appelle Heather, déclara l'une des deux femmes aux roses. Et voici Ginger. Quelqu'un veut une bière ?

Heather se pencha pour fouiller dans la glacière. Le corsage rose qu'elle portait retroussa et découvrit le bas de son dos.

Encore une fois, Gabrielle donna un coup de coude à Florence.

— Regarde son tatouage, murmura-t-elle en fixant le dos bronzé de Heather.

Impossible de se tromper ; les lettres É. J. B. apparaissaient clairement.

— Elle travaille pour lui elle aussi, pas vrai ?

Il s'agissait d'une question, mais à voir avec quel calme et quelle nonchalance Gabrielle l'avait posée, Florence comprit qu'elle ne pourrait pas mentir longtemps à son amie. Pas plus qu'à elle-même d'ailleurs.

CHAPITRE 19

Le technicien de scène se nommait Brian. Il était occupé à mélanger de la tequila, du Triple Sec et du jus de lime dans un pichet en plastique. Il renversa ensuite un verre et en pressa le bord dans une assiette pleine de gros sel.

— Ces margaritas vont avoir exactement le même goût que celles de Tijuana.

Les autres membres du groupe s'étaient joints à la fête. L'un d'eux avait retiré son t-shirt trempé de sueur et se baladait torse nu. Un autre chantonnait *Skin Like Silk* en agitant ses doigts au rythme de la chanson.

— Les spectateurs ont vraiment adoré cette chanson, fit-il remarquer en ne s'adressant à personne en particulier.

Heather et Ginger semblaient connaître tout le monde.

— Comment s'est passé votre spectacle à Vancouver? demanda Ginger au batteur, dont les cheveux étaient aussi longs et aussi blonds que ceux de Florence.

— C'était super, mais c'est pas comme Montréal. Comment ça se fait que toutes les plus belles femmes vivent ici ?

Ginger éclata de rire.

— Tu penses vraiment ça ? demanda Heather.

Le batteur acquiesça.

Il tapa sur sa cuisse et Ginger vint aussitôt s'asseoir sur ses genoux.

Brian remplit à nouveau le verre de Florence.

Gabrielle sirotait sa margarita tout en observant à la ronde par-dessus son verre.

— Comme ça, tu connais Étienne ? lança-t-elle innocemment.

Elle s'adressait à Heather, mais pendant une seconde, ses yeux croisèrent ceux de Florence.

Heather sourit, les lèvres serrées.

En entendant le nom d'Étienne, Ginger se détourna du batteur et fixa Gabrielle.

— Tout le monde connaît Étienne ! répondit Heather.

Elle repoussa d'un doigt une boucle blonde frisée serré tombée devant ses yeux, puis elle ajouta en baissant la voix :

— Ginger et moi, on fait partie de son écurie. Mais on commence à être un peu avancées pour les clients d'Étienne.

— Avancées ? répéta Gabrielle.

— Ouais, tu sais... trop vieilles. Quelques rides, un petit ventre, expliqua-t-elle en tapotant le sien. Les clients d'Étienne préfèrent les filles jeunes bien fermes et... sans expérience. Comme ça, ils peuvent leur faire faire ce qu'ils veulent. Des filles un peu comme vous deux.

Florence revit soudainement la scène dans la voiture d'Henri. Heather avait raison. Henri lui avait indiqué exactement ce qu'il voulait qu'elle fasse. Et elle n'avait pas eu le courage de protester.

Gabrielle faillit tomber en bas de son tabouret.

— Je fais partie d'aucune écurie, déclara-t-elle.

Mais Heather ne l'écoutait pas.

Richie était revenu. Il avait troqué son jean et son t-shirt pour une veste d'intérieur en satin rouge. De petites touffes de poils gris frisés apparaissaient par l'échancrure sur sa poitrine. Il marchait pieds nus. Les ongles de ses gros orteils étaient longs et tout bosselés.

— Je vois que vous faites connaissance, dit-il en arborant un sourire malicieux. Heather et Ginger sont… de vieilles amies, ajouta-t-il à l'intention de Florence et Gabrielle.

— C'est justement ce qu'elles étaient en train de nous dire, répondit Florence en s'obligeant à sourire à Richie.

D'un bras, Richie se tira un tabouret, et de l'autre il la prit par la taille.

— C'est super de te revoir, bébé, lui murmura-t-il à l'oreille, juste assez fort pour que les autres l'entendent.

Le batteur distribua des cannettes de bière à la ronde.

— Ah ! Y a rien comme une bonne bière canadienne bien froide par une soirée chaude… Surtout quand il y a des femmes aussi hot dans le coin, lança-t-il.

Gabrielle rougit.

Ginger rit.

— Hé, les gars, j'ai apporté du *pot*.

Heather fouilla dans son sac à main et en sortit un sac rempli de feuilles vertes séchées.

— J'ai du papier à rouler, dit le batteur en plongeant la main dans une poche avant.

— C'est toi qui roules, Richie.

Heather tendit la marijuana à Richie, et le batteur lui lança le paquet de papier à rouler.

— Y a pas de musique ? On fait la fête ici, non ?

Richie ouvrit le sachet et le porta à son nez.

Jimmy se leva pour mettre un CD : une compilation des succès du groupe.

Les doigts de Richie travaillaient avec efficacité, comme une machine. Il alluma le joint, en tira une longue bouffée sans respirer jusqu'à ce que ses joues se gonflent. Puis il se pencha vers Florence comme s'il allait l'embrasser, mais lui souffla plutôt toute la fumée dans la bouche. Il passa ensuite le joint à Heather.

Soudain, on cogna à grands coups sur la porte des coulisses.

— Brian, va voir qui c'est, ordonna Richie.

Le batteur prit une petite bouffée rapide, puis cacha le joint dans sa main pour le soustraire à la vue de l'homme qui était à la porte.

— Qu'est-ce qui se passe ici ? demanda une voix bourrue.

— T'énerve pas, James, lança Richie. On se fait une petite fête, c'est tout.

Le batteur détendit ses épaules et passa le joint à Ginger.

Juste à voir son complet gris à fines rayures, Florence devina que James n'était pas un musicien.

— Écoute, Richie, dit-il en tapant ses mains ensemble, une équipe de tournage sera là dans dix minutes pour faire une entrevue avec toi. Je veux que tu me débarrasses le plancher de ces...

Il s'interrompit, le temps de trouver le mot juste.

— ... de ces dames. Allez, dehors, les filles !

— T'as jamais entendu l'expression « Trop de travail abrutit l'homme » ? Es-tu en train d'essayer de m'abrutir, James ? demanda Richie.

Le gérant du groupe fit comme s'il n'avait pas entendu la question. Il tendit à Richie un verre en styromousse rempli de café.

— Bois ça. Je préfère que tu sentes le café plutôt que les margaritas et le *pot*.

Richie s'esclaffa.

— Voici James, dit-il à Florence et Gabrielle. Notre manager.

— Parfois, j'ai plutôt l'impression d'être votre nounou, marmonna James.

Il tira le joint des lèvres de Ginger et l'écrasa dans le cendrier. Puis il agita les bras pour disperser la fumée.

— Est-ce qu'il y a une fenêtre qu'on pourrait ouvrir ?

Heather et Ginger se levèrent.

— Si t'as pas besoin de moi pour l'entrevue, dit le batteur à Richie, j'vais aller visiter l'appartement de ces adorables demoiselles.

— Que dirais-tu qu'on se retrouve au Royal, Tiffany ? demanda Richie. Tu viens aussi, Sasha. Tu pourras tenir compagnie à Brian...

Richie donna une bonne tape dans le dos du principal intéressé et ajouta :

— Ça t'irait ça, *man* ?

— Ça me va, répondit Brian en souriant timidement à Gabrielle, qui rougit.

— Je... Je crois pas que... bredouilla-t-elle.

Florence se tourna vers Gabrielle. Elle était livide et l'un de ses genoux était agité de tremblements. Pour la première fois, Florence comprit que Gabrielle et elle n'étaient peut-être pas si différentes l'une de l'autre, après tout. En dépit de ses opinions tranchées et affirmées, même une fille comme Gabrielle – une fille qui respectait toutes les règles – pouvait tomber dans le piège de la prostitution.

Florence fit un signe de tête à Gabrielle, puis elle tapota le coude de Richie et lui dit :

— Je te retrouve au Royal, mais Sasha, elle, elle doit rentrer tout de suite à la maison.

Dimitri ne broncha pas lorsque Florence lui ordonna de conduire Gabrielle chez elle, à NDG.

— Ensuite, vous me déposerez au Royal, ajouta-t-elle.

— Es-tu sûre que ça va aller ? lui demanda Gabrielle quand le taxi s'arrêta au coin de sa rue.

— Je suis une grande fille.

Puis Florence posa un doigt sur ses lèvres. Elle avait protégé Gabrielle. En retour, Gabrielle devait lui promettre de ne parler de son secret à personne.

Gabrielle hocha la tête.

— Merci de ce que t'as fait pour moi, dit-elle en descendant du taxi.

III

Dimitri fit demi-tour. Les filles échangèrent un regard à travers la vitre arrière de la voiture. Gabrielle voulut lever le bras pour saluer Florence, mais sa main retomba le long de sa cuisse. L'inquiétude et la peur qu'elle avait ressenties avaient drainé toute son énergie. Tandis que le taxi s'engouffrait dans la nuit noire, Florence ferma les yeux. Jamais elle ne s'était sentie aussi loin de son amie qu'à ce moment précis.

III

Quand Florence descendit du taxi, Richie était en train de s'extirper d'une longue limousine blanche. Il lui tendit les bras en l'apercevant.

Soudain, des flashes d'appareils photo se mirent à clignoter. Des lumières blanches éblouissantes fendaient l'air comme des éclairs. Florence se couvrit les yeux pour se protéger de leur éclat. Un photographe était accroupi près de la voiture, son appareil photo braqué comme une arme sur Florence et Richie.

— Espèce d'idiot ! Fiche le camp ! Tout de suite ! cria une voix.

C'était James, mais il était trop tard. Le photographe avait déjà pris plusieurs clichés de Florence et Richie devant l'hôtel.

— Quel âge avez-vous, mademoiselle ? demanda une voix féminine.

Quelqu'un tira Florence par un bras. Quelques secondes plus tard, elle était à nouveau dans le taxi, que Dimitri fit démarrer à toute vitesse.

— Merde ! grommela-t-il en faisant crisser les pneus sur la chaussée.

CHAPITRE 20

« C'est toujours aussi mort par ici », se dit Florence en riant, même si elle n'avait pas eu l'intention de faire une blague.

C'était l'idée d'Étienne de se rencontrer au cimetière du Mont-Royal. Elle lui avait plutôt suggéré le Café Second Cup de l'avenue Monkland.

— Toi et moi, on doit s'faire discrets, lui avait-il expliqué. Et puis le cimetière, c'est comme un parc. En plus tranquille. Et en plus romantique.

Florence n'avait pas du tout la tête à la romance. En franchissant les grilles en fer du cimetière, elle se demanda même si elle serait encore capable un jour de croire en l'amour. La seule chose à laquelle elle avait vraiment pu croire depuis quelque temps, c'était la manipulation.

Elle avait quand même accepté de rencontrer Étienne. Florence se surprit à murmurer son nom en foulant l'allée de gravier. Elle ne pouvait s'empêcher d'imaginer ses épaules larges, sa douce peau brune. Pendant un moment, elle sentit son cœur se serrer. Leurs débuts lui manquaient, ce moment où elle était tombée amoureuse de lui. Si seulement il existait un moyen de retourner dans le passé !

Le sac de plastique que Florence trimbalait cogna contre son genou. Elle s'était arrêtée au centre commercial en passant et avait acheté les chaussures en jean qu'elle avait remarquées chez Aldo. Sur le coup, ça lui avait fait du bien, mais la sensation n'avait pas duré. Ce n'était qu'une paire de chaussures, après tout. Même le bracelet Tiffany à son poignet ne lui procurait plus de plaisir. Tout ça, ce n'était que du matériel.

Florence s'amusa à lire les inscriptions sur les pierres tombales. « Roland Leblanc, 1841-1902. Il vivra toujours dans notre cœur. » « Edgar Dupuis, 1852-1911. Il nous manquera beaucoup. » « Abigail Ellis, 1820-1897. Une épouse et une mère chéries. » Qu'écrirait-on, un jour, sur sa pierre tombale à elle ? Une épouse et une mère ? C'était peu probable.

Un couple de merles bien gras pépiaient sur une branche voisine. Leurs poitrines rouges semblaient aussi rebondies que des pelotes à épingles. À coup sûr, les vers ne manquaient pas dans le coin.

Florence entendit Étienne avant de l'apercevoir.

— Calme-toi, *man*! J'vais m'en occuper, disait-il, son cellulaire à la main.

On aurait cru qu'un chien jappait à l'autre bout de la ligne.

Étienne hocha la tête lorsqu'il aperçut Florence, mais il poursuivit sa conversation.

— Écoute, James, reprit-il d'une voix tendue, j'm'en occupe. J't'ai dit que j't'en donnerais des nouvelles d'ici sept heures ce soir. Là, c'est vraiment pas l'moment.

Puis il raccrocha.

Étienne ouvrit les bras pour enlacer Florence. L'espace d'une seconde, il ressembla à l'un des anges de pierre qui ornaient une tombe voisine. Florence frissonna.

— Hé, Tiffany! Viens que j'te serre contre moi.

Florence ne parvint pas à se détendre même dans les bras d'Étienne. Tout son corps était tendu, stressé.

— Il y a un problème, c'est ça? dit-elle en sentant sa voix se coincer dans sa gorge.

— Hmm, ouais. Comme j't'l'ai dit c'matin au téléphone, toi et moi, on doit s'faire discrets.

Étienne fit une pause, puis reprit à voix basse

comme s'il craignait que même les fantômes entendent ce qu'il s'apprêtait à dire.

— J'aime mieux pas imaginer c'qui s'passerait si la police découvrait à propos d'nous deux.

— Qu'est-ce qui se passerait ?

— T'es mineure, Tiffany. Ils peuvent m'envoyer en taule.

Florence en oublia presque de respirer.

— Ils peuvent pas faire ça ! On s'aime !

— Bien sûr qu'on s'aime, répéta Étienne en balayant le front de Florence avec la paume de sa main.

La colère et la tristesse que Florence avait ressenties récemment semblèrent tout à coup avoir disparu. À présent, la seule chose que Florence ressentait, c'était de la peur. Une peur glacée et moite qui lui transperçait le corps d'un bout à l'autre. Que ferait-elle sans lui ? Comment survivrait-elle sans son chum, son Étienne ?

— Ils peuvent pas nous séparer ! cria-t-elle en plantant ses yeux dans ceux d'Étienne. Y a rien qui peut nous séparer. Pas vrai ?

Étienne serra sa main à nouveau.

— C'est vrai.

— Écoute, continua-t-elle en parlant à toute

vitesse. Gab est au courant, pour mes « activités ». C'est pas ma faute. Elle a tout deviné pendant la petite fête en coulisses, après le spectacle de Sweet Innocence.

Étienne l'écoutait en faisant glisser son doigt sous son nez dans un sens, puis dans l'autre.

— Tu crois qu'elle va parler ?

— Non.

Florence se rappela combien Gabrielle avait semblé terrifiée, la veille, en descendant du taxi.

— T'as envie d'faire une promenade ? demanda-t-il en lui tendant la main.

— Non, je suis trop fatiguée. On s'assoit ? proposa Florence.

Elle désigna un banc en marbre blanc, non loin d'une tombe. Étienne passa un bras autour de ses épaules lorsqu'ils s'assirent.

— Ça n'a pas été facile dernièrement, hein poupée ?

Florence aurait aimé pleurer, mais elle en était incapable… ce qui ne faisait que lui donner davantage envie de pleurer.

— Ça va s'arranger bientôt. J'te l'promets.

Florence prit une grande respiration et se tourna vers Étienne.

— Promis ?

Elle avait tellement envie de le croire.

— Promis, répondit Étienne en déposant un petit baiser sur ses lèvres.

Florence se redressa.

— Est-ce que Dimitri t'a parlé du photographe ?

Étienne acquiesça d'un signe de tête.

— Pour quel journal il travaille, ce photographe ?

— Pour un d'ces magazines à potins. *Meddler*, j'crois. Y avait une journaliste aussi. Y paraît qu'elle a posé des tas d'questions à l'hôtel, après votre départ.

— Oh, oh… fit Florence en se souvenant tout à coup de la femme qui lui avait demandé son âge. Alors qu'est-ce qu'on fait maintenant ?

— James est fâché. C'est le manager du groupe et d'Richie. Il arrête pas d'téléphoner, répondit Étienne en jetant un coup d'œil à son cellulaire.

— Je l'ai rencontré. Il avait l'air plutôt stressé.

— Stressé, c'est pas l'mot. Il a peur que la femme de Richie pète les plombs si jamais elle apprend que t'existes.

— Richie est marié ? s'étonna Florence.

— Ils sont tous mariés, répondit Étienne en haussant les épaules.

Il ne sembla pas remarquer le tressaillement de Florence.

— Celle-là, c'est sa troisième femme. Elle sait pas qu'il la trompe. Mais l'pire, c'est que son père à elle, c'est l'proprio d'la maison d'disques. C'est aussi pour ça qu'tu dois t'faire oublier pendant quelques jours.

— Qu'est-ce que tu veux dire ?

— J'veux dire pas d'sorties dans les *after*. Pas d'clients. Et pas d'causettes avec des inconnus. Compris ?

— Comme ça, je suis privée de sorties ? demanda Florence avec un petit rire nerveux.

Elle s'ennuierait des boîtes de nuit, mais elle était soulagée pour ce qui était des clients. Ce qu'elle avait d'abord pris pour un jeu commençait à l'atteindre profondément et à lui miner le moral.

— En gros, oui.

— Est-ce que je peux te voir quand même ? demanda-t-elle en glissant son genou le long de celui d'Étienne.

Il n'était pas parfait – à vrai dire, elle pouvait même affirmer maintenant qu'il était loin de l'être –, mais elle voulait encore de lui. Malgré tout. D'ailleurs, n'était-ce pas ça le véritable amour ? Tout connaître de quelqu'un – ses défauts et ses secrets – et être encore capable de l'aimer ?

— Ça s'rait pas une bonne idée.

Florence fit la moue.

— Allez ! Je peux quand même venir à ton appart, non ?

— Non. Pas maintenant. Écoute, j'vais t'appeler dans quelques jours et j'te dirai à ce moment-là. En attendant, continue à faire c'que tu faisais avant de m'connaître. Va travailler au camp, va voir ta copine, ce genre de trucs.

Pendant un moment, Florence resta silencieuse.

— C'est bizarre, dit-elle enfin en levant les yeux vers les nuages, je me souviens plus de ce que je faisais avant de te rencontrer.

III

— Je me sens comme si j'étais en prison. Peux-tu venir chez moi ?

— Papa ?

Florence entendit Gabrielle appeler son père en criant, ce qui signifiait qu'il était probablement au sous-sol en train de regarder les sports à la télé.

— Est-ce que je peux aller chez Flo ?

Florence éloigna le combiné de son oreille.

— OK, reprit Gabrielle. J'arrive.

— As-tu reçu le nouveau *Cosmo* ?

— Pas encore. Et si j'achetais le nouveau *Glamour* en chemin ?

III

Gabrielle était rouge tomate quand elle arriva chez Florence.

— Est-ce que ta mère est ici ? demanda-t-elle en se débarrassant vivement de ses baskets d'un coup de pied.

— Ben quoi ? Tu places pas tes chaussures bien rangées l'une à côté de l'autre ? plaisanta Florence en désignant le plancher.

Une chaussure était tombée à l'envers, les lacets encore noués, tandis que l'autre traînait en plein milieu du couloir, attendant que quelqu'un trébuche dessus.

— Est-ce qu'elle est ici ? répéta Gabrielle.

— Elle est allée au magasin d'aliments naturels. Elle était tellement contente que tu restes à souper qu'elle est sortie chercher ce qui lui manquait pour faire des boissons aux carottes.

— Ouache !

— C'est en plein ce que je pense.

— Devine qui j'ai vu chez Multi-Mags ? demanda Gabrielle en suivant Florence à l'étage.

— Les jumeaux ?

— Non.

— Mme Leroux ?

— Non.

— Étienne ?

— No-o-on !

— Alors qui ?

— Toi !

— Moi ! De quoi tu parles ? J'ai passé la journée enfermée ici ! Tellement que ça me rend folle.

— Oui, toi ! Tu fais la couverture du *Meddler*. Toi et Richie Taylor. T'es superbe, en passant.

Gabrielle sortit le magazine *Glamour* qu'elle avait acheté et l'ouvrit aux pages centrales. Un tabloïde plié en deux en tomba et atterrit aux pieds de Florence.

— Merde ! jura Florence en s'en emparant. Montre-moi ça.

— Je te l'ai dit que t'étais superbe.

Gabrielle observa Florence tandis qu'elle examinait la photo de la couverture.

— Espérons seulement que ta mère lit pas le *Meddler*, ajouta-t-elle.

— Ni la femme de Ritchie…

— Richie est marié ?

— Ils le sont tous.

— C'est répugnant. Ça te fait rien pour elle ?

— Recommence pas à me juger, Gab. Je savais pas qu'il était marié. C'est pas le genre à porter une alliance.

— Ta mère va te tuer si elle apprend ça.

— Sa religion lui interdit de tuer. Tu te souviens de James, le manager ? Il a peur que la femme de Richie pique une crise. En plus, le père de cette femme est le proprio de leur maison de disques.

— C'est ça ! s'écria Gabrielle comme si elle venait de résoudre un problème de maths. Ils s'inquiètent de la mauvaise publicité que ça pourrait faire au groupe. Penses-tu que ce gars, ce James, a envie que tout le monde sache que Richie Taylor se paie une escorte de quinze ans ?

— Dis pas ça ! lança Florence, les yeux remplis de colère. Richie m'apprécie vraiment.

— Voyons donc, Flo ! s'exclama Gabrielle en levant les bras au ciel et en poussant un soupir. Pas mal de gars semblent « t'apprécier vraiment », ces derniers temps. Écoute, Étienne se fait du souci pour ses affaires, et James s'inquiète à propos de la femme de Richie, de son père, des contrats de disques et de la réputation du groupe. Tu trouves pas ça bizarre, toi, qu'à part moi, personne parmi tout ce beau monde se fait du souci pour toi ?

CHAPITRE 21

— Vous croyez qu'il y a de l'espoir ?

— Il y a toujours de l'espoir, répondit Marcel en faisant glisser ses doigts dans la tignasse bouclée de Gabrielle. Si on dégrade le dessus autour de son visage, on va réussir à éliminer tous les cheveux en broussaille.

Il soupira, sachant d'avance que cela allait être une tâche colossale.

— Allez-y alors, lui dit Florence.

— Je déteste quand les gens parlent de moi comme si j'étais pas là, grommela Gabrielle.

Mais Marcel était déjà au travail, et Florence s'était emparée d'un magazine *Vogue* qui traînait dans un présentoir tout près.

C'était Florence qui avait eu l'idée de la coupe de cheveux, après que Gabrielle et elle eurent lu un article sur les métamorphoses.

— Tu pourrais faire bien plus avec ce que la nature t'a donné, avait déclaré Florence. Tire profit de tes atouts ! Et puis ça m'aiderait à tuer le temps si on allait au spa en fin de semaine.

S'occuper de quelqu'un d'autre permettait à Florence d'oublier ses propres problèmes... Du moins un moment.

— Mes atouts ! Tu parles de moi là, ou d'un projet économique ?

Gabrielle avait finalement accepté de se faire couper les cheveux par Marcel et de recevoir une leçon de maquillage d'une des esthéticiennes.

— Hé ! C'est pas toi que j'ai vue avec Richie Taylor dans le magazine *Meddler* ? lança une assistante qui passait près d'eux, chargée d'une pile de serviettes parfaitement pliées.

Florence leva le nez de son magazine et regarda la fille droit dans les yeux.

— Je sais pas de quoi tu parles, répondit-elle avec un sourire.

Gabrielle se retourna dans son fauteuil.

— Non, non ! s'écria Marcel. Garde la tête droite !

On aurait dit qu'il réprimandait un caniche qui aurait sauté sur le canapé. Gabrielle redressa la tête.

Marcel chantonnait en travaillant.

— C'est beaucoup mieux, commenta-t-il tout

en continuant à couper les boucles noires qui s'accumulaient en tas sur le plancher.

— Marcel, téléphone! appela la réceptionniste.

Le coiffeur déposa ses ciseaux et courut prendre l'appel. Florence referma le magazine et examina Gabrielle.

— Très joli. Et ce sera encore plus beau après la mise en plis.

Depuis la réception, Marcel agita deux doigts en leur direction.

— J'en ai pour deux minutes! C'est ma mère, expliqua-t-il en posant sa main sur le combiné et en roulant les yeux.

Gabrielle hocha la tête, puis se tourna vers Florence.

— J'ai réfléchi… commença-t-elle en baissant la voix.

— Je déteste quand tu fais ça.

— Quoi? Tu détestes quand je réfléchis?

— Non, je déteste quand tu commences une phrase par «J'ai réfléchi…». Ça veut dire que tu te prépares encore à me faire la morale.

— OK. Dans ce cas, je me tais.

Gabrielle attrapa un magazine et se mit à le feuilleter.

— C'est bon ! À quoi t'as réfléchi ?

Gabrielle posa le magazine.

— J'ai réfléchi et je me suis dit que tu devrais tout arrêter.

— Arrêter quoi ?

— Tu sais bien. Tes « activités », dit Gabrielle en fixant les yeux pâles de Florence.

— Je peux pas arrêter comme ça.

— Bien sûr que tu peux.

— Non.

— Pourquoi ?

Marcel revenait vers elles.

— C'est plus compliqué que ça en a l'air, murmura Florence.

Elle pensait à la vidéo en disant cela. Elle se crispa juste à l'idée qu'Étienne puisse l'envoyer à sa mère et à ses amis du centre de méditation… Bien sûr, elle était mal à l'aise à cause de ce qu'on la voyait y faire, mais elle regrettait encore plus d'avoir laissé Étienne la manipuler. Et elle éprouvait bien trop de honte pour révéler toute la vérité à Gabrielle.

Marcel ouvrit son tiroir et en sortit son sèche-cheveux.

— Je te les fais bouclés ou raides ?

— Bouclés, répondit Gabrielle.

— Raides, répondit Florence en même temps.

Marcel ouvrit les bras et leva les mains au ciel en les implorant :

— Écoutez les filles, je viens de me taper une discussion avec ma vieille mère de quatre-vingt-deux ans, alors s'il vous plaît, ne compliquez pas les choses, OK ?

— Raides, trancha Florence.

Cette fois, Gabrielle ne répliqua pas.

— On dirait que tu es devenue quelqu'un d'autre, déclara Florence lorsque les cheveux de Gabrielle furent secs.

— Les cheveux raides lui donnent un air plus sophistiqué, renchérit Marcel.

Il vaporisa les cheveux de Gabrielle de fixatif, puis ajouta :

— Tu sais, ma chérie, tu devrais acheter le revitalisant que je viens d'utiliser. C'est génial pour contrôler les frisottis.

L'étape suivante se déroulait sur le tabouret de Chantal, l'esthéticienne, qui était installée devant la vitrine.

— Je devine que tu aimes avoir une apparence naturelle, dit Chantal tandis que Gabrielle s'assoyait. Un peu de fard à paupières rose pâle va illuminer tes yeux.

— Mettez-en pas trop, dit Gabrielle en tâchant de ne pas bouger.

Florence soupira.

— Voilà ! annonça Chantal lorsqu'elle eut fini.

Elle s'écarta du miroir afin que Gabrielle puisse admirer le résultat.

— Qui es-tu ? demanda Gabrielle à son reflet.

Florence poussa un sifflement admiratif.

— Tu es superbe.

— Vraiment ?

Au même moment, la porte du salon s'ouvrit en coup de vent et une femme aux cheveux blonds se précipita vers Chantal.

— Tu dois faire mon maquillage. Étienne et moi, on…

C'était Hélène. Elle s'arrêta net au milieu de sa phrase en apercevant Florence.

— Qu'est-ce que tu fais ici ? Il m'a dit qu'il t'envoyait en dehors de la v…

Hélène s'interrompit à nouveau.

— De quoi tu parles ? Il m'envoie nulle part ! siffla Florence sur le point d'exploser.

La peau déjà pâle d'Hélène pâlit plus encore.

— Je… euh… Je dois me tromper, bafouilla-t-elle avant de se tourner vers Chantal. Penses-tu pouvoir faire ma retouche entre deux rendez-vous ?

Gabrielle tapota l'épaule de Florence.

— On s'en va, murmura-t-elle. Tout de suite.

Tandis qu'elles se dirigeaient vers la caisse, elles perçurent la voix d'Hélène parmi le grondement des sèche-cheveux. Elle demandait : « C'est qui la fille avec elle ? Beau morceau… »

CHAPITRE 22

— Il m'enverrait jamais en dehors de la ville ! Jamais !

Florence se mordit si fort l'intérieur d'une joue qu'elle sentit le goût du sang dans sa bouche.

Elle tentait tant bien que mal de repousser l'idée qu'Étienne voulait peut-être vraiment se débarrasser d'elle. Malgré toute l'énergie qu'elle y mettait, ces pensées inquiétantes se frayaient quand même un chemin jusqu'à elle.

Peut-être Étienne s'imaginait-il qu'elle était déjà finie, comme la prostituée qu'elle avait aperçue sur le boulevard Saint-Laurent. Peut-être voulait-il qu'elle disparaisse pour être tranquille avec Hélène. Non, c'était impossible ! Il l'aimait trop. Florence en était sûre… Enfin, presque sûre.

Il était sept heures quarante-cinq. Gabrielle et elle étaient en route pour le camp de jour, leur sac à dos sur l'épaule. Un autre jour, Florence aurait peut-être savouré le confort de son petit train-train quotidien – se lever, s'enduire les bras de crème solaire et retrouver Gabrielle au coin de la rue –, mais aujourd'hui, elle en était simplement incapable. Tout allait de travers dans sa vie.

Gabrielle avait toujours les cheveux raides, mais elle était retournée à son maquillage habituel, c'est-à-dire à aucun. Du haut d'un grand érable, un pic tambourina bien fort avec son bec.

Devant elles, à l'autre bout de l'avenue Hampton, deux rouquins marchaient. L'un était grand, l'autre plutôt petit. À coup sûr, c'étaient les jumeaux. William se retourna vers elles et les salua de la main.

— Viens, décida Gabrielle. On les rejoint.

Elle attrapa Florence par le coude et pressa le pas.

Florence accéléra un peu, puis ralentit de nouveau. Ses pieds pesaient une tonne. Elle dut s'arrêter pour reprendre son souffle.

— Je manque de sommeil, déclara-t-elle.

Elles marchèrent en silence. Puis Florence s'immobilisa à nouveau et prit la main de Gabrielle.

— Je veux pas quitter la ville.

Elle chuchota, comme si le fait de parler plus fort aurait pu provoquer la réalisation de ses pires craintes.

— Je sais que je me plains toujours de ma mère et de son obsession pour la méditation et les aliments santé, poursuivit-elle, mais ça veut pas dire que je veux m'en aller.

Pendant un instant, Florence ferma les yeux et sa voix se fit rêveuse.

— C'est sûr qu'un jour, Étienne et moi, on ira ailleurs et on recommencera tout à zéro. Mais Gab, dis-moi qu'il m'obligerait pas à quitter la ville, hein ?

Florence avait rouvert les yeux. Ses paroles ressemblaient davantage à une supplication qu'à une question.

Au début, Gabrielle resta silencieuse.

— Je sais qu'il t'aime, dit-elle enfin comme si elle avait pris le temps de choisir ses mots avec soin, et Hélène agit peut-être comme ça juste pour t'embêter. Mais c'est sûr qu'elle sait quelque chose. Étienne est peut-être tellement inquiet à propos de la photo et de la police qu'il préfère te savoir ailleurs…

Malgré l'air aussi humide que dans un sauna, Florence frissonna en entendant le mot « police ».

— S'ils découvrent tout à propos de nous deux et des affaires d'Étienne, ils vont le jeter en prison.

Sa voix se brisa en prononçant ces paroles.

— Tu sais, c'est peut-être pas le meilleur gars pour toi, dit calmement Gabrielle.

— Comment peux-tu dire ça ? s'écria Florence.

Elle sentit son cœur s'emballer. Qu'elle-même doute d'Étienne, c'était une chose, mais que Gabrielle en fasse autant, c'en était une autre.

Gabrielle recula d'un pas, ce qui suffit pour déclencher la colère de Florence.

— T'es censée être ma meilleure amie ! Et tout ce que tu sais faire, c'est me critiquer !

Elle donna un grand coup de pied dans un contenant à recyclage qui traînait sur le bord du trottoir.

— Je te critique pas *toi* !

Alerté par les cris de Florence, un vieil homme épiait la scène, caché derrière ses rideaux. Gabrielle baissa la voix et reprit :

— Je critique Étienne.

— Eh bien, arrête ça tout de suite ! Si ça continue, le prochain conseil que tu vas me donner, c'est d'aller le dénoncer à la police !

— Tu devrais peut-être le faire !

— Tu connais rien à l'amour ! lâcha Florence en approchant son visage si près de celui de Gabrielle que celle-ci put sentir son souffle. T'as aucune idée de ce que c'est, à quel point on peut pas s'imaginer vivre sans l'autre, à quel point on peut se sentir mal à l'idée de le perdre... C'est comme si on allait exploser de chagrin !

— OK, OK. T'as sûrement raison ! Mais il y a une chose que je sais : quand quelqu'un t'aime vraiment, il est censé te traiter avec respect.

— Qu'est-ce qui se passe, vous deux ?

La voix puissante de William vint interrompre leur discussion. Les jumeaux s'étaient arrêtés pour que les filles puissent les rejoindre. Elles n'étaient plus qu'à quelques maisons d'eux.

— Si vous vous dépêchez pas, on va être en retard au camp ! ajouta Nicolas.

— On vous a pas demandé de nous attendre ! répliqua vivement Florence.

— On voulait seulement être galants ! répondit William en donnant un petit coup de coude dans le ventre de son frère. Pas vrai ?

— Prêtes pour une autre journée avec les p'tits monstres ? demanda Nicolas quand les filles les eurent rattrapés. Hé, Gabrielle, qu'est-ce que t'as fait avec tes cheveux ? C'est bizarre, ta coiffure.

William donna un autre coup de coude dans les côtes de son frère et dit en rougissant :

— Moi, je trouve ça joli.

L'espace d'une seconde, son visage fut presque de la même couleur que ses cheveux.

— Vous avez passé une belle fin de semaine ? demanda encore Nicolas.

— Pas pire, répondit Florence en baissant les yeux.

— Super, ajouta Gabrielle d'une voix neutre.

— Vous vous êtes encore disputées ou quoi ? demanda Nicolas.

Florence et Gabrielle échangèrent un regard. Gabrielle haussa les épaules.

— Pourquoi vous vous disputez tout le temps ? s'enquit Nicolas.

— On se disputait pas, on discutait, répondit Gabrielle.

— Je sais pas comment vous faites, les filles, pour vous disputer, vous réconcilier, puis vous disputer encore. Ça m'épuise juste d'en parler, résuma Nicolas alors qu'ils arrivaient au YMCA.

— Tais-toi, veux-tu ? lança William à son frère.

— Merci, dit Gabrielle en le regardant.

— De rien. C'est moi le sensible des deux, répondit-il en bombant le torse.

Nicolas s'arrêta en haut des marches, à l'entrée de l'immeuble.

— Écoutez, les filles, il y a quelque chose qu'on aimerait vous demander, mais seulement si ça va bien entre vous deux.

— Ça va bien entre nous deux, répondit Florence d'une voix lasse. Qu'est-ce que vous voulez nous demander ?

— Eh bien, on vient tout juste d'avoir nos permis de conduire et on a la permission d'utiliser la voiture de notre père même si nos parents sont absents en ce moment, alors on se demandait si… commença Nicolas.

— … vous viendriez avec nous au cinéma un de ces quatre ? termina William.

Les deux garçons se rangèrent de côté afin de laisser passer un homme portant un sac de sport.

— La fin de semaine prochaine, par exemple, ajouta Nicolas d'une voix remplie d'espoir.

— Non merci, répondit Florence en attrapant la poignée de porte.

— Bien sûr, répondit Gabrielle en même temps.

Elle lança un regard furieux à Florence, qui le lui rendit, la main toujours sur la poignée.

— Peut-être, dit-elle enfin.

Nicolas tapa dans la main de William :

— Bon travail, frérot !

En entrant dans l'immeuble, ils durent se serrer pour passer devant le tableau d'affichage installé dans le vestibule exigu.

— On se voit ce midi alors, dit William.

Il salua les filles d'un signe de la main et se dirigea vers le vestiaire avec Nicolas.

— Pourquoi tu m'as entraînée là-dedans ? demanda aussitôt Florence à Gabrielle.

— Ils sont gentils. Et puis c'est mieux que de rester enfermée chez toi, non ?

— Florence, j'ai un message pour toi, lança la réceptionniste depuis son bureau lorsqu'elle aperçut les deux filles. Un certain Étienne. Il veut que tu l'appelles immédiatement. Il a dit que c'était urgent.

— Gab, surveille mes campeurs jusqu'à mon retour, d'accord ?

Sa voix était normale, mais ses mains tremblaient déjà.

— A... PI... TCHOUUUUM !

Dehors, dans la cour du YMCA, les enfants jouaient à « Rond, rond, macaron ». L'air sentait bon l'herbe fraîchement coupée. Au loin, des draps blancs accrochés sur une corde à linge se gonflaient comme des voiles de bateau.

Florence rejoignit ses campeurs, qui riaient de bon cœur, couchés sur l'herbe.

— Ça va ? demanda Gabrielle en articulant les mots en silence.

Florence lui répondit en levant le pouce.

— Écoutez, les enfants, annonça Gabrielle en se prélevant, on va faire une course aller-retour d'ici jusqu'aux balançoires. Êtes-vous capables ?

— J'adore faire des courses, cria une petite voix.

— Très bien, dit Gabrielle en formant une ligne bien droite avec les enfants. À vos marques, prêts… partez !

Les campeurs s'élancèrent en criant. Gabrielle se tourna immédiatement vers Florence.

— Alors ? Qu'est-ce qu'il a dit ?

— Il a dit qu'on avait besoin de passer un peu de temps ensemble, lui et moi. Juste nous deux. Il veut m'emmener quelques jours à la campagne.

— Oh, oh !

— T'énerve pas, Gab. Je suis tellement contente, dit Florence d'une voix à nouveau rêveuse. Ce sera notre premier voyage ensemble.

Je crois qu'Étienne a raison. Il faut qu'on reparte à zéro. Je dois être prête demain matin très tôt. Il veut que j'appelle au camp pour dire que je suis malade.

— T'es sûre que c'est une bonne idée ?

— C'est une idée géniale.

Au même moment, un petit campeur vint s'écraser dans l'herbe juste à leurs pieds.

— Ouais ! cria-t-il. J'ai gagné !

CHAPITRE 23

Florence répondit à la première sonnerie. Elle savait que c'était Étienne.

— Hé, Tiffany, susurra-t-il de sa voix de velours. Alors, toi et moi, on part toujours demain ?

— Tout est arrangé. Je serai au coin de la rue à sept heures et demie.

Florence examina son reflet dans le miroir. Un rayon de soleil de fin d'après-midi illuminait ses cheveux et lui apporta une sensation d'espoir qu'elle n'avait pas ressentie depuis bien longtemps. Peut-être les choses allaient-elles s'arranger après tout.

— J'ai hâte qu'on soit ensemble, reprit-elle.

— Moi aussi, bébé. Écoute, te fâche pas, mais y a un p'tit truc qui m'est arrivé…

Florence sentit tout son corps se tendre.

— J'vais être obligé de t'retrouver plus tard, demain après-midi, poursuivit Étienne. Hé, Tiffany, j'meurs d'envie de t'avoir à moi tout seul pendant quelques jours… et quelques nuits.

Florence respira profondément. Le rayon de soleil avait disparu.

— Tu m'as pas dit où on allait, murmura-t-elle.

— C'est une surprise.

— J'adore les surprises, répondit-elle en tentant d'avoir l'air heureux.

III

Florence était allongée sur son lit et fixait le plafond. Elle devait appeler Gabrielle, mais elle se sentait incapable de le faire. Elle devait d'abord s'accorder du temps pour retrouver son calme. Si elle ne le faisait pas, Gabrielle devinerait tout de suite que quelque chose n'allait pas. Elle avait un don pour ce genre de chose. Quand Florence composa le numéro, elle sentit qu'elle contrôlait bien sa voix.

— Gab, tu dois me rendre un service.

— Quel genre de service ?

— Promets-moi d'abord que tu vas le faire.

— Mais…

— Y a pas de mais.

— OK, maugréa Gabrielle. Qu'est-ce que je dois faire ?

— Si ma mère t'appelle, dis-lui que j'ai décidé de rester chez toi quelques jours. Ça durera pas longtemps. Le temps qu'Étienne et moi, on parte en amoureux.

— Es-tu certaine que...

— Oui, je suis certaine. Alors, c'est OK ?

— OK.

Florence s'empressa de raccrocher. Elle ne voulait pas laisser le temps à Gabrielle de changer d'idée.

III

— Les Vitamines Vitalité bonjour. Sylvie Ouimet à l'appareil.

Florence fut décontenancée pendant une seconde. Elle ne s'habituerait jamais à la voix de sa mère lorsqu'elle était au bureau.

— Allô, maman ! Désolée de te déranger au travail.

— Hé ! Allô, ma chérie ! Quelle surprise ! C'est rare que tu m'appelles au bureau.

— C'est parce que je voulais te parler de quelque chose.

— Très bien, vas-y.

Florence essaya de faire comme si elle n'avait pas remarqué la déception de sa mère.

— Je me demandais… Est-ce que je pourrais passer quelques jours chez Gab ? À partir de demain, après le camp ? Anna et elle achèvent leur collage et elles voudraient que je les aide. C'est un projet vraiment cool. Très créatif, insista Florence.

— Tu me connais, répondit sa mère d'une voix plus enjouée. J'aime bien que tu fasses des activités qui développent ta créativité. Ça aide à conserver un juste équilibre dans la vie.

Florence entendait en bruit de fond le stylo que sa mère tapotait nerveusement sur son bureau.

— Tu vas pas en profiter pour aller te balader n'importe où jusqu'aux petites heures du matin, n'est-ce pas ?

— Bien sûr que non.

— D'accord. Promets-moi juste de respecter ma règle : à la maison avant la nuit.

III

— Bonjour, c'est Florence Ouimet. Je pourrai pas me présenter au camp demain. J'ai un gros rhume, grommela-t-elle dans le combiné tout en reniflant un coup pour faire plus réaliste.

— Ma parole, il doit y avoir un virus qui court, commenta la personne qui travaillait de soir à la réception du YMCA. Trois autres moniteurs ont déjà téléphoné pour avertir qu'ils seraient absents demain.

CHAPITRE 24

Sylvie Ouimet était assise en tailleur sur un coussin dans sa pièce de méditation et elle chantonnait *Om shanti om*, ce qui signifie « paix ». Une douce odeur d'encens parfumé au bois de santal flottait dans l'air.

— *Om shanti, shanti, shanti, om...* répéta Florence en passant tout près.

Elle n'avait pas l'esprit en paix, à vrai dire. Elle venait tout juste de se doucher, mais déjà elle sentait sa peau moite. Les cauchemars s'étaient succédé toute la nuit. Dans l'un d'eux, Étienne avait essayé de la jeter en bas d'un pont. Elle se souvint qu'elle avait planté son regard dans le sien, croyant que cela le ferait changer d'idée, mais en vain. Plus tard, quand son réveil avait sonné et qu'elle avait ouvert les yeux, le sentiment de désespoir qu'elle avait ressenti dans son rêve l'habitait encore.

— Mange les céréales et le yogourt que j'ai laissés sur la table, dit sa mère sans bouger de son coussin. Je me joindrais bien à toi, mais je dois atteindre un état méditatif plus profond.

— Vas-y, maman.

Florence s'arrêta devant la porte de ce qui avait jadis été un petit salon. C'était maintenant la salle de méditation. Sa mère avait les yeux fermés et respirait profondément, ignorant la présence de sa fille.

Florence aurait souhaité que les choses soient différentes. Si seulement cette pièce était encore un petit salon. Si seulement son père était encore en vie, sa mère ne serait sûrement pas devenue aussi bizarre, et sa vie à elle ne serait sûrement pas devenue un tel désastre.

III

Dimitri fit un signe de tête à Florence quand il la vit marcher vers son taxi. La jeune fille avait les mains moites ; elle les essuya sur son short.

— Belle journée, pas vrai ? dit-elle en essayant de paraître joyeuse.

Les grappes de baies d'un orange vif des sorbiers du Mont-Royal annonçaient la fin de l'été.

Le taxi roula bientôt sur l'autoroute Décarie en

direction nord. Florence s'amusa à essayer d'imaginer à quoi ressembleraient les deux jours à venir. Elle se voyait étendue près d'Étienne sur une plage sablonneuse. Elle s'imaginait avec lui en pédalo alors qu'une envie leur prendrait de faire un peu d'exercice. Elle imaginait le chalet où ils logeraient; il serait en bois rond, avec une véranda du côté du lac, où ils pourraient lire tout l'après-midi. Le soir venu, quand les étoiles seraient visibles, ils sortiraient souper quelque part, puis reviendraient au chalet pour y faire l'amour. Mais quand Florence imagina le visage d'Étienne, il avait le regard aussi dur que dans son rêve.

— Où est-ce que vous me conduisez? demanda-t-elle à Dimitri.

— Nulle part en particulier.

Florence frissonna.

— Nulle part en particulier? répéta-t-elle en se serrant les bras pour se réchauffer.

Puis elle ajouta d'une toute petite voix:

— C'est impossible. Étienne m'a dit qu'il m'emmenait dans un endroit romantique.

Dimitri haussa les épaules. Florence remarqua alors une carte du Québec étalée sur le siège du passager.

— Étienne viendra pas, c'est ça ?

Dimitri évita de croiser ses yeux dans le rétroviseur.

— C'est ça, dit-il tranquillement.

Florence agrippa fermement le bord de son siège.

— Je le déteste ! dit-elle assez fort pour que Dimitri l'entende. Je le déteste tellement !

Puis elle se mit à sangloter, les épaules secouées de tremblements et des larmes coulant à flots sur ses joues. Il y avait des années qu'elle n'avait pas pleuré ainsi. Depuis la mort de son père en fait, lorsqu'elle s'était roulée par terre dans sa chambre en gémissant comme un animal blessé. Se remémorer la scène la fit sangloter encore plus fort.

Sans se retourner, Dimitri lui tendit une boîte de mouchoirs.

— Vous devez me dire où on va, dit Florence en se mouchant.

Elle sentit sa voix trahir la panique qui montait en elle. Elle se souvint du conte *Hansel et Gretel*. Elle était comme Gretel – égarée et loin de chez elle – sauf qu'elle n'avait ni cailloux ni miettes de pain à laisser sur la route au cas où elle aurait besoin de retrouver son chemin.

— Lachute.

— Lachute ? pouffa Florence. Vous vous fichez de moi ! C'est une petite ville minable perdue au milieu de nulle part. Et qu'est-ce qu'il pense que je vais aller faire dans ce trou ?

Sa voix devenait de plus en plus stridente.

— Il a un ami là-bas. Ils travaillent dans le même domaine.

— Il veut que je travaille pour un de ses amis ?

Florence agrippa la poignée de la portière, mais il n'y avait nulle part où aller. Et puis sur l'autoroute, la voiture roulait à plus de cent kilomètres à l'heure.

— T'as tout compris, répondit Dimitri.

— Et si je refuse d'y aller ?

— Tu vas avoir besoin d'argent. Et c'est pas en servant des hamburgers que tu vas pouvoir te payer tous les jolis vêtements que t'aimes tant.

En regardant autour d'elle, Florence comprit tout à coup qu'elle était prise au piège. Comment avait-elle fait pour se retrouver dans un tel pétrin ? Bien sûr, elle connaissait la réponse. Tout était arrivé parce qu'elle avait succombé au charme d'Étienne. Elle avait cru qu'il l'aimait vraiment. Et elle s'était permis de l'aimer. Elle prit une grande respiration.

— Et qu'est-ce qu'il a de si important à faire aujourd'hui ?

— Sais pas.

— Mon œil que vous le savez pas.

Dimitri soupira.

— Tout ce qu'il m'a dit, c'est qu'il voulait que je vienne le chercher à quatre heures devant un magasin de matériel d'artiste, sur Sainte-Catherine.

— Du matériel d'artiste ? C'est quoi le rapport avec Étienne ?

Florence fit glisser ses doigts sur la poignée de la portière.

— Aucune idée, répondit Dimitri en jetant un coup d'œil dans le rétroviseur. Et arrête de jouer avec la portière.

Florence s'affala sur la banquette arrière, les yeux mi-clos. Sa poitrine se soulevait sous l'effort qu'elle déployait pour combattre l'envie de se remettre à pleurer. Jamais, de toute sa vie, elle ne s'était sentie plus fatiguée et plus triste que ce jour-là. Elle avait l'impression d'être tombée au fond d'un puits – un endroit froid, gris et rocailleux – et de ne pas avoir la force de se relever et d'en sortir. Elle avait tout gâché.

Dans son for intérieur, elle savait qu'elle devait essayer de trouver une idée, mais elle n'arrivait pas à ordonner ses pensées. Dans sa tête, des images continuaient de se heurter les unes aux autres telles des autos tamponneuses à La Ronde. Des scènes de la vidéo d'Étienne. Les poils gris sur le torse de Richie. Sa mère en train de méditer. Le collage d'Anna. La prostituée aux cheveux décolorés penchée vers le conducteur d'une voiture sur le boulevard Saint-Laurent. Étienne essayant de la jeter en bas d'un pont.

Dimitri se gara devant un immeuble en brique rouge. L'enseigne annonçait Hôtel Central. C'était le genre d'endroit qui avait dû être un lieu d'hébergement tout à fait correct… Cinquante ans auparavant. Florence remarqua des carreaux brisés au-dessus de la porte. Elle aperçut aussi une pancarte en carton posée près de l'entrée et sur laquelle était imprimé en grosses lettres «Chambres à l'heure. *Rooms by the hour.*» Florence frémit.

Il était neuf heures. Ses campeurs devaient être en train de jouer avec la toile de parachute.

Florence se tordit les mains en apercevant la rue. Il y avait un comptoir de crème glacée, un restaurant chinois et une salle de quilles.

Dimitri empoigna le sac à dos de Florence.

— Je te conduis là-haut, dit-il en ouvrant la porte en bois de l'hôtel.

L'endroit sentait le moisi. Il y avait un ascenseur, mais il était bloqué au cinquième étage. Dimitri désigna une cage d'escalier exiguë.

— On va prendre l'escalier.

Il n'y avait nulle part où aller. Aucune issue.

Florence se traîna jusqu'en haut à la suite de Dimitri. Une fois au deuxième étage, il la guida vers une chambre située tout au bout d'un corridor à peine éclairé. L'air empestait l'ammoniaque et la « boule à mite ».

— C'est nous, annonça-t-il en cognant à la porte.

— T'as la fille ? demanda une voix rauque.

L'homme qui se trouvait derrière la porte était chauve et bedonnant, et son front était luisant de sueur.

— Bonjour, bonjour ! Tu rentres tout de suite à Montréal ou t'as envie de rester un peu ? demanda-t-il à Dimitri avec un clin d'œil.

— Je rentre immédiatement.

Dimitri fit un signe de tête à Florence et reprit le corridor en sens inverse.

— Occupe-toi bien d'elle, veux-tu ? ajouta-t-il.

— J'espérais plutôt que ce serait *elle* qui s'occuperait de moi, lança l'homme en riant de sa blague.

Il tira Florence à l'intérieur de la chambre. La pièce n'avait aucune fenêtre. Le mobilier se résumait à un long bureau, une chaise droite en bois et un lit de métal garni d'un matelas peu épais qui retroussait au pied. Au mur, au-dessus du lit, était fixé un miroir teinté, parcouru de fines lignes noires. Florence songea à des coupures en les voyant.

— J'aime bien tester la marchandise ! annonça l'homme.

Il appuya sa déclaration d'un gros rire gras. Florence se tourna vers la porte et regarda Dimitri dans le corridor. Il était déjà à la cage d'escalier.

— S'il vous plaît ! cria-t-elle.

Mais autre chose retenait déjà l'attention de Dimitri. Quelqu'un gravissait l'escalier à toute vitesse, deux marches à la fois. Florence devina qu'il s'agissait d'une fille… Une fille qui n'était pas habituée de porter des talons hauts.

En tout cas, cette personne haletait fortement lorsqu'elle atteignit le palier du deuxième étage. Elle avait les cheveux noirs, était maquillée de façon outrageuse, et sa jupe était retroussée assez haut sur ses jambes.

— J'ai besoin d'argent, déclara-t-elle. On m'a dit de venir ici et de demander Alex.

Son ton était sec, sérieux, dépourvu d'émotion.

Ses yeux noirs la trahirent. C'était Gabrielle.

CHAPITRE 25

Florence était debout derrière Alex, le dos cloué au mur, le visage livide. Dans un coin de la chambre, un vieux ventilateur cliquetait chaque fois qu'il changeait de côté.

— Va-t'en ! articula-t-elle en silence à l'intention de Gabrielle.

Gabrielle ne lui porta pas attention. Elle attendit la réponse d'Alex en tapant du pied avec impatience sur la moquette usée.

Pendant quelques secondes, l'homme se contenta de sourire. Puis il fit un V avec deux doigts et les agita en l'air.

— Deux filles ? Une blonde et une brunette ? On dirait bien qu'on va faire la fête ! Ça doit être mon jour de chance !

Il se lécha les lèvres et tapota son gros ventre comme s'il s'apprêtait à prendre un bon repas.

— Comme ça, t'as besoin d'argent ? demanda-t-il à Gabrielle en la dévisageant des pieds à la tête.

Florence s'éloigna du mur et fit un pas en direction de son amie.

— Exact, confirma Gabrielle en levant le menton et en regardant Alex droit dans les yeux.

Florence n'aurait jamais cru que Gabrielle fût capable de mentir. Elle découvrait ahurie un autre côté de sa meilleure amie, un côté qu'elle n'aurait jamais soupçonné. Et où diable Gabrielle avait-elle pêché ces sandales rouges ?

— Qui t'a dit de venir me voir ? la questionna Alex.

— J'ai vu la pancarte en bas – les chambres louées à l'heure. C'est plutôt clair, non ? Le commis m'a dit de m'adresser à vous.

— T'habites dans le coin ?

La sueur perlait sur la lèvre supérieure de l'homme.

— Pas loin.

Alex se frotta les mains.

— Bon, écoutez, déclara-t-il aux deux filles d'une voix soudainement sérieuse. Je vous explique comment ça marche. Je fournis les chambres et les clients, et je m'assure que personne vous fait de mal. Je m'occupe aussi de l'argent. Vous recevez soixante-quinze dollars à la fin de chaque journée de travail. Ça signifie un minimum de trois clients. Marché conclu ?

— Marché conclu, répondit Gabrielle.

— Quatre-vingt-dix. Pour elle aussi, fit Florence en désignant Gabrielle des yeux.

— Quatre-vingt-cinq, répliqua Alex. Pas un sou de plus.

Florence hocha la tête.

— Je sais que la blonde s'appelle Tiffany, mais toi, tu t'appelles comment ?

— Sasha, répondit Gabrielle sans aucune hésitation.

Alex tapa ses deux mains ensemble.

— Très bien, Sasha. Maintenant, Tiffany et moi, on va se payer un peu de bon temps. Mais avant, je vais appeler un de mes amis. Il a un faible pour les brunettes. Surtout les jeunes brunettes. Mais lui, il aime ça nature.

— Peu importe. Je m'en fi...

— Ça veut dire qu'il mettra pas de condom, l'interrompit Florence. C'est pas une bonne idée. Mon chum à Montréal s'assure toujours que...

— Ton chum ? la coupa Alex.

Il se tapa sur les cuisses comme s'il venait d'entendre une bonne blague. Son rire était bruyant et gras, et la peau flasque qui enveloppait son ventre gigotait lorsqu'il riait.

— Écoutez les filles : vous travaillez pour moi à partir d'aujourd'hui. Et ici, plein de clients préfèrent ça nature. Sasha, t'as dit que t'avais besoin d'argent ? J'te donne un boni de vingt-cinq dollars si t'acceptes de le prendre sans condom.

— OK, répondit Gabrielle.

Alex sourit.

Florence secoua la tête.

— Je vais l'appeler, déclara Alex.

Il se dirigea vers la salle de bain en appelant sur son cellulaire. Les filles l'entendirent lever la lunette du siège, déboucler sa ceinture et descendre la fermeture à glissière de son pantalon.

Gabrielle tira Florence par une manche.

— Viens ! On sort d'ici ! murmura-t-elle sans quitter des yeux la porte de la salle de bain qu'Alex avait laissée à moitié ouverte.

— Et lui ?

— Hé, Blondie ! appela Alex en commençant à uriner. Profites-en pour te mettre à l'aise.

Elles l'entendirent manipuler son cellulaire.

— Salut Pierre, reprit-il. C'est Alex. J'suis à l'hôtel et je pense bien avoir quelqu'un ici qui te plairait. Cheveux bruns, beau *body*...

Il fit une pause comme s'il lui réservait le meilleur pour la fin.

— ... et très jeune.

Puis il baissa la voix, et les filles ne purent entendre le reste de la conversation.

— J'ai une idée, chuchota Gabrielle en regardant le bureau placé près du mur. On va l'enfermer là-dedans !

— *Oh, what a beautiful morning ! Oh, what a beautiful day !* chantait Alex en ouvrant le robinet.

— Hé, bébé ! appela Florence assez fort pour qu'Alex l'entende malgré le bruit de l'eau qui coulait. Prends donc une douche ! Y a rien qui m'excite plus qu'un homme qui sent le savon.

Florence et Gabrielle échangèrent un sourire lorsqu'elles entendirent Alex se taper à nouveau sur les cuisses.

— Et moi, y a rien qui m'excite plus qu'une fille excitée. Hé, j'ai une meilleure idée : viens me rejoindre dans la douche ! Dis à Sasha d'aller attendre son client à côté, dans la 204.

Florence gloussa le plus fort qu'elle put.

— J'arrive, cria-t-elle. Sasha, il veut que t'ailles dans la 204.

Le bureau était plus lourd qu'il n'y paraissait. Pour éviter de faire du bruit en le poussant sur le plancher d'un bout à l'autre de la pièce, elles en saisirent chacune un bord, le soulevèrent et le déplacèrent de quelques centimètres.

Au moment où les filles approchaient de la porte de la salle de bain, elles virent le pantalon et la chemise d'Alex atterrir sur le sol carrelé. De grandes taches de transpiration marquaient la chemise aux aisselles. Florence espéra ne pas avoir à supporter la vue de cet homme nu.

Distraite par cette pensée, elle perdit prise. Un coin du bureau lui échappa des mains. Elle imagina le bruit assourdissant qu'il ferait s'il heurtait le sol, et la colère d'Alex s'il découvrait ce qu'elles étaient en train de faire.

Gabrielle retint le bureau en compensant sa chute pour qu'il retombe doucement sur le tapis. Elle perdit l'une de ses sandales durant la manœuvre. Au lieu d'essayer de la remettre, elle ôta l'autre d'un coup de pied.

Soudain, elles entendirent le bruit pesant des pas d'Alex sur le plancher de la salle de bain. Elles crurent qu'il venait vers elles. Florence et Gabrielle figèrent sur place, le bureau toujours entre elles. Avait-il perçu du bruit?

L'instant d'après, elles l'entendirent entrer sous la douche.

— Ouf! Ça a bien failli… commença Florence.

Gabrielle fronça les sourcils, rappelant à Florence qu'il valait mieux ne faire aucun bruit.

Elles se remirent au travail, soulevant le bureau et le déplaçant à travers la pièce. La porte de la salle de bain n'était plus qu'à quelques dizaines de centimètres. Florence avait mal aux biceps. Elles y étaient presque.

Un nuage de vapeur chaude envahit la chambre.

— Hé, p'tite! J'suis prêt! appela Alex.

— Je suis presque nue! parvint à répondre Florence.

— *Oh, what a beautiful morning!* chantait Alex sous la douche.

Quand elles posèrent enfin le bureau à deux centimètres de la porte entrouverte de la salle de bain, Florence et Gabrielle n'échangèrent aucun regard. Il n'y avait pas une minute à perdre.

Gabrielle s'empara de la poignée de porte en

serrant les dents. Le moindre bruit ferait échouer leur plan.

Le plus silencieusement possible, elle ferma la porte de la salle de bain, puis les filles placèrent le bureau devant de manière à la bloquer.

— Allez! murmura Gabrielle en agrippant Florence par la main.

L'affichette « Ne pas déranger » oscilla comme un pendule lorsque les filles passèrent tout près en courant. Elles se ruèrent dans le corridor.

— L'escalier! ordonna Gabrielle.

Cette fois encore, Florence obéit sans broncher.

Les murs devaient être en carton, car elles entendirent Alex beugler alors qu'elles avaient déjà parcouru la moitié du corridor.

— Qu'est-ce que vous manigancez, espèces de petites garces?

Un fracas retentit. Alex devait être en train de marteler la porte de la salle de bain à grands coups. Florence et Gabrielle dévalèrent l'escalier.

Elles haletaient si fort qu'elles étaient incapables de parler. Mais quand Gabrielle vit Florence pousser la porte qui débouchait sur le hall d'entrée de l'hôtel, elle écarquilla les yeux.

— Non, pas cette porte-là ! lança-t-elle en essayant de reprendre son souffle. Par ici ! Les jumeaux nous attendent derrière !

CHAPITRE 26

— Les jumeaux ? Qu'est-ce qu'ils… commença Florence au moment où elles mettaient le pied dans le stationnement de l'hôtel.

Gabrielle poussa Florence dans la voiture des garçons.

— Grouille-toi, Flo !

Florence s'épongea le front en s'affalant sur la banquette arrière.

— Décolle ! beugla Gabrielle en claquant la portière.

William était au volant. Il lança la voiture dans la ruelle étroite derrière l'hôtel en faisant crisser les pneus.

— C'est vraiment nécessaire de faire autant de bruit ? lui reprocha Gabrielle.

— Fiche-lui la paix, répondit Nicolas. Il a pas l'habitude de conduire des véhicules en fuite.

Florence ouvrit les bras et serra Gabrielle. Pendant un moment, elles restèrent enlacées l'une contre l'autre. Elles tremblaient toutes les deux. C'est en la serrant dans ses bras que Florence comprit à quel point son amie était à la fois forte et fragile.

— J'arrive pas à croire que t'aies fait ça, lâcha-t-elle.

Gabrielle sourit à Florence.

— *On* a fait ça.

— J'aurais jamais pu sortir de là sans ton aide.

— Essaie de t'en souvenir la prochaine fois que tu me trouveras nulle comme amie.

Gabrielle boucla sa ceinture de sécurité en jetant un coup d'œil à Florence et ajouta :

— Hé, attache-toi !

— T'as oublié tes sandales là-haut.

— Oh… Bof, tu sais, elles n'étaient pas tout à fait mon style, répondit Gabrielle en contemplant ses pieds nus.

William bifurqua sur la rue principale. Gabrielle se tordit le cou pour voir si quelqu'un les suivait, mais à part un camion de lait, il n'y avait personne.

— Comment elle a fait pour vous convaincre de venir jusqu'ici, tous les deux ? demanda Florence.

— Gabrielle peut se montrer très convaincante, répondit William sans quitter la route des yeux.

— Ouais. Elle nous a appelés hier. Je croyais

que c'était à propos du cinéma. Mais non, pas de chance, ajouta Nicolas.

— Elle nous a dit qu'elle avait besoin d'un véhicule. Et tu nous connais : toujours prêts à aider nos amis moniteurs.

— Surtout si ça nous permet de rater l'activité bricolage, renchérit Nicolas.

Ils approchaient de l'autoroute.

— Où est-ce qu'on va, maintenant ? questionna William.

— À Montréal. Rue Saint-Denis. On va retrouver le chum de Florence.

Les yeux de Florence s'emplirent aussitôt de larmes.

— Je veux pas le revoir ! Plus jamais !

— Tu le dois, insista Gabrielle. Sinon, comment veux-tu qu'il te laisse tranquille ?

— Il me laissera jamais tranquille, murmura Florence.

Elles avaient réussi à échapper à Alex et à son hôtel miteux, mais Florence savait qu'elle n'échapperait pas aussi facilement à Étienne. Une fois de plus, elle se souvint combien son regard était glacial dans son rêve.

— Bien sûr qu'il le fera ! reprit Gabrielle.

— Essaie pas de me convaincre de le dénoncer. Je serais pas capable de faire ça. Tout simplement pas capable.

Nicolas se retourna vers les filles.

— Si vous voulez mon avis, il a pas l'air très sympathique.

— Tu leur as tout raconté ? s'inquiéta Florence.

Des larmes roulaient sur ses joues. Elle les balaya du revers de la main.

— Il le fallait bien.

— Je me sens tellement stupide, renifla Florence. Maintenant, tout le monde va savoir.

— L'important, c'est que tu sois saine et sauve, dit Gabrielle en lui tapotant le genou.

— T'inquiète pas pour nous. On parlera à personne de... Enfin, tu sais... bredouilla William.

Nicolas se retourna sur son siège.

— On ira pas bavasser à tout le monde : « Hé, la fille qui travaille au camp est une pu... »

William flanqua un coup de coude à son frère.

— Aïe ! protesta Nicolas en massant son avant-bras. Ça fait mal !

— Parfois, mon frère est un vrai crétin.

— Pourquoi tu veux rien dire à la police ? demanda William un peu plus tard.

Quand Florence répondit, ce fut d'une voix à peine audible.

— Je vous l'ai dit, j'en serais tout simplement pas capable. Je sais que vous allez penser que je suis folle, mais j'ai l'impression qu'une partie de moi va toujours aimer Étienne. Peu importe ce qui s'est passé. Et puis je supporterais pas d'être questionnée par les policiers. Ils penseraient que j'étais vraiment une... une...

Florence prit une grande respiration.

— Une putain.

Après ces paroles, un long silence s'installa dans la voiture. Chacun méditait sur ce que Florence avait dit.

Ce fut William qui, finalement, brisa la glace.

— On va où sur Saint-Denis ? demanda-t-il.

Florence jeta un coup d'œil à l'heure sur le tableau de bord. Il était deux heures cinq. Si la circulation n'était pas trop dense, ils seraient de retour à Montréal avant quatre heures.

— Y sera pas là.

— Il sera où ? demanda Gabrielle.

— Au magasin de matériel d'artiste, rue Sainte-Catherine.

— Du matériel d'artiste ? C'est quoi le rapport avec Étienne ?

III

Une fille aux cheveux longs de la même couleur que ceux de Florence se tenait dans la vitrine du magasin. Elle paraissait aussi jeune qu'Anna. Elle faisait semblant d'examiner des pastels, mais levait sans cesse les yeux pour jeter un coup d'œil vers la rue. À la voir, on devinait qu'elle attendait quelqu'un.

— Je t'accompagne, déclara Gabrielle tandis que William scrutait la rue à la recherche d'une place de stationnement.

— Non, répliqua Florence. Je me suis moi-même mise dans le pétrin, c'est à moi de régler ça. Regarde William, il y a une place là-bas. Attendez-moi ici. Je vous ferai signe si j'ai besoin d'aide.

— Es-tu certaine que tu veux pas qu'on t'accompagne à l'intérieur ? Comme soutien moral ? demanda William.

— Certaine, répondit Florence avant de descendre de voiture.

Gabrielle gémit en observant Florence se diriger vers le magasin.

— J'ai l'impression de regarder un film d'horreur. Sauf que là, c'est vrai.

— Pourquoi tu dis ça ? demanda Nicolas.

Gabrielle désigna du menton un jeune homme noir qui marchait dans la rue à la manière des rappeurs. Son crâne était rasé.

— Je te présente Étienne.

III

— Qu'est-ce que tu fous là, toi?

La voix d'Étienne n'avait rien de mielleux. Il bombarda Florence de questions sans même lui laisser la chance de répondre.

— Comment ça se fait que t'es pas à Lachute? Où est Dimitri? Qu'est-ce qui s'passe, bordel?

Il plongea une main dans sa poche et en tira son cellulaire.

— Attends que j'règle son compte à c't'imbécile! marmonna-t-il.

— J'suis venue te dire de me laisser tranquille.

Florence se mit à bafouiller lorsque son regard rencontra ces yeux bruns qui lui étaient si familiers et qu'elle aimait. Ou qu'elle avait aimés. Elle ne savait plus.

Étienne appuya sur la touche de composition accélérée de son téléphone. Florence entendait la sonnerie retentir.

— Réponds, espèce d'enfoiré! grommela Étienne.

Comme personne ne répondait, il replia l'appareil et le remit dans sa poche.

Florence se redressa et s'ordonna d'être forte, de ne pas craquer pour lui une nouvelle fois. De lui résister.

— Il faut qu'on parle, dit-elle.

Étienne s'esclaffa. Ce rire, elle le connaissait aussi, mais voilà qu'elle y décelait quelque chose de dur.

— Fiche le camp, dit-il en ouvrant la porte du magasin.

Florence ne bougea pas.

— Je suis sérieuse.

Les mots lui venaient maintenant plus facilement. Mais elle frémit en prenant conscience que le regard d'Étienne était aussi froid que dans son rêve.

— Je veux que tu me laisses tranquille.

— J'en ai pas terminé avec toi, dit-il en lâchant la porte et en s'avançant vers Florence.

Ils n'étaient qu'à quelques centimètres l'un de l'autre. Devant Étienne qui la dévisageait, Florence ressentit un léger vertige. Il n'en avait pas terminé avec elle. Cela signifiait-il qu'il voulait encore sortir avec elle ? Une partie d'elle cherchait désespérément à retrouver la chaleur, l'affection et l'insouciance du début de leur relation.

Florence cligna des yeux. « Sois forte, se répétait-elle en ouvrant les yeux. Souviens-toi qu'il t'a envoyée à Lachute pour te faire travailler pour ce gros dégoûtant d'Alex. »

— Si tu me laisses pas tranquille, je vais aller parler de toi... à la police. De toi et de tes filles.

C'était difficile de prononcer les mots, mais voilà, elle venait de le faire.

Quelqu'un cogna sur la vitre. C'était la toute jeune fille dans la vitrine. Elle fit un signe de la main la main à Étienne, apparemment inconsciente du fait que Florence et lui étaient en train de se disputer.

— J'pourrais t'faire du mal, répliqua Étienne tout en se retournant pour saluer la fille et lui sourire. À toi ou à tes amis.

Florence jeta un coup d'œil à l'endroit où était garée la voiture des jumeaux et frissonna.

Étienne sourit à nouveau et agrippa la main de Florence. Pendant une seconde, elle songea qu'il allait la serrer tendrement, mais au lieu de cela, il lui tordit le poignet.

— Aïe ! s'écria Florence en retirant vivement sa main de la sienne.

Elle plongea alors son regard dans le sien, le scruta comme si elle le voyait pour la première fois. Ce qui était bizarre, c'était qu'il semblait être le même. Mais Florence savait qu'elle n'avait pas affaire à l'ancien Étienne – celui dont elle était tombée amoureuse – celui qui l'avait fait se sentir importante et couvée d'amour.

Peut-être que cet Étienne-là n'avait jamais existé ? Peut-être se l'était-elle imaginé depuis le début ? Cette pensée lui fit encore plus mal que son poignet, endolori.

— Comment peux-tu me faire ça ? siffla-t-elle, ne songeant pas qu'à son poignet.

Étienne baissa les yeux sur le poignet de Florence.

— Facile. Et tu vas coopérer sinon, t'auras encore plus que ça.

Son regard était de glace.

— Maintenant, poursuivit-il, retourne chez toi. Et pense même pas à quitter la maison avant d'avoir eu d'mes nouvelles. Pour le moment, j'ai des affaires à régler.

Florence massa son poignet. Il ne l'aimait pas.

Elle comprit qu'il ne l'avait *jamais* aimée. Elle l'observa lui tourner le dos et se diriger vers la porte du magasin. Elle sut alors qu'elle n'était rien pour lui. Elle n'avait représenté à ses yeux, qu'une marchandise qu'on loue à l'heure. Mais le pire, c'était qu'elle l'avait laissé faire.

Pendant un moment, Florence resta muette. Les mots qu'elle voulait dire étaient coincés dans sa gorge. Elle savait qu'elle devait les prononcer. Si ce n'était pas pour elle, elle devait le faire pour la jeune fille dans la vitrine... et pour toutes les autres qui pourraient croiser la route d'Étienne ou d'un autre gars de son espèce. Après tout, elle pouvait peut-être changer le cours des choses.

— Attends ! cria Florence. Tu sais, la vidéo ? Celle de toi et moi au lit ? Celle dont t'as dit que t'avais une copie cachée quelque part en sûreté, au cas où ?

Étienne fit volte-face. Ses yeux lançaient des éclairs.

— Ouais, quoi ?

— Ça m'a donné une idée. Sauf que c'est pas une vidéo. J'ai plutôt écrit cinq comptes rendus – comme on le fait à l'école, tu vois le genre –, et je les ai confiés à cinq personnes différentes. Au cas où. J'y ai inscrit tout ce que je sais à ton sujet : tes amis, les endroits que tu fréquentes, ton adresse et le métier que tu fais : souteneur.

Étienne fixa Florence d'un regard dur.

— J'te crois pas.

— Tu ferais mieux de me croire, lui répondit-elle avec une assurance qui la surprit elle-même. S'il m'arrivait malheur, à moi ou à quelqu'un de mon entourage, ces comptes rendus seront envoyés directement au magazine *Meddler* et à la police. En fait, si j'étais toi, je changerais de job. Juste au cas où je me déciderais à envoyer les rapports quand même.

Florence respira profondément. Elle l'avait dit. Sans qu'elle sache pourquoi, les mots *Om shanti, shanti, shanti, om* lui vinrent en tête. Elle avait besoin que toute cette histoire prenne fin. Elle avait besoin de paix.

Étienne regardait Florence, pensif. Elle ne se laisserait pas avoir cette fois. Elle était sérieuse… Elle le dénoncerait vraiment à la police si elle devait le faire.

— D'accord, dit Étienne en esquissant un petit sourire. J'vais t'laisser tranquille. Pour ton info, j'avais vraiment l'intention d'aller t'retrouver à Lachute, pour passer du temps avec toi. Juste nous deux.

Florence retint son souffle. Le plus difficile n'était pas de quitter Étienne, mais de quitter l'Étienne qu'elle avait imaginé. En réalité, il n'avait jamais projeté de la rejoindre à Lachute.

— Tu mens, dit-elle d'une voix calme.

Puis elle ajouta en jetant un coup d'œil à la vitrine du magasin :

— Et tu ferais mieux de la laisser tranquille elle aussi.

De toute évidence, Étienne ne savait pas qu'elle devinerait le but de sa visite au magasin de matériel d'artiste. Il s'assombrit un peu. Puis il hocha la tête.

Florence l'observa remonter la rue Sainte-Catherine les mains dans les poches. Elle savait qu'elle aurait dû le détester, mais ce n'était pas le cas. Elle regarda du côté de la vitrine. La fille avait disparu.

Florence contempla son reflet dans la vitre. Comment avait-elle pu le laisser la duper à ce point ? Quand elle se regardait, elle ne voyait pas ses yeux bleus, ses cheveux blonds, ses longues jambes fines ou un t-shirt de marque réputée ; elle voyait quelqu'un d'autre, quelqu'un de nouveau. Ce n'était pas la fille qu'elle était avant de rencontrer

Étienne. Cette fille-là n'existait plus. Ce qu'elle voyait, c'était une fille qui s'était perdue, qui avait fait des erreurs, mais qui essayait maintenant de les réparer.

Quelqu'un sortit en trombe du magasin et déboula sur le trottoir. C'était la blonde de la vitrine. Elle tapa du pied de colère.

— Pourquoi il est parti ? se plaignit-elle. Qu'est-ce que tu lui as dit ? Je l'ai rencontré ici la semaine dernière. Il est vraiment génial. Il a dit qu'on irait prendre un café ensemble.

Florence sourit à la fille.

— T'es trop jeune pour boire du café, dit-elle.

Tandis qu'elle marchait vers la voiture des jumeaux, Florence jeta un dernier coup d'œil derrière elle. Étienne était à une intersection. De loin, il semblait tout petit. Presque inoffensif.

CHAPITRE 27

Quand la sonnerie du téléphone retentit, Sylvie Ouimet ne fit pas un geste pour répondre. Elle resta penchée au-dessus d'un grand carton qui recouvrait la table de cuisine.

— Je réponds ! lança Florence en décrochant le combiné. Maman ! C'est Judith, du centre de méditation. Elle veut savoir si tu vas au *satsang* demain.

— Dis-lui que je vais la rappeler plus tard, s'il te plaît ma chérie.

Quand Sylvie avait appris l'histoire de Florence, elle avait voulu dénoncer Étienne à la police et entamer des poursuites contre lui, mais Florence avait réussi à l'en dissuader.

— Je suis pas prête, lui avait-elle dit. Pas encore. Tu peux pas me forcer à faire une chose pareille si je me sens pas prête.

Elle avait fini par comprendre qu'il valait mieux ne pas mettre davantage de pression sur les

247

épaules de sa fille. Pour le moment, elles avaient décidé de consacrer leur énergie à améliorer leur relation en passant plus de temps ensemble et en discutant de certains sujets qu'elles avaient long-temps évités. Florence commençait à se sentir mieux et avait remarqué que sa mère semblait elle aussi plus heureuse. Elle paraissait reconnaissante de pouvoir à nouveau faire partie de sa vie.

— Je n'aurais jamais pensé que je m'amuserais en faisant un collage, déclara Sylvie quand Florence vint se rasseoir.

Florence portait un jean délavé à taille basse qui laissait paraître le haut des lettres É. J. B. au bas de son dos. On aurait dit la cime dentelée d'une montagne.

Elle ne s'était pas encore décidée à retourner chez Rush, même si elle savait déjà qu'elle ne vou-lait pas transformer les initiales d'Étienne en fleur ou en oiseau.

— Je veux un dragon, avait-elle confié à Gabrielle. Quelque chose de fort et de fougueux.

Sylvie donna une petite pile de photos à Florence.

— Gabrielle dit que faire un collage, c'est une façon de donner du sens à tous les morceaux de notre vie, expliqua Florence en examinant les photos. Hé, maman ! C'est toi là, avec le haut bain-de-soleil ?

Sylvie examina la photo et poussa un soupir.

— Je comprends pas que ma mère m'ait laissée sortir de la maison avec ce truc sexy sur le dos. On est pas obligées de mettre cette photo, pas vrai ?

— Oh que oui, on va la mettre ! protesta Florence en la reprenant des mains de sa mère.

Sylvie s'éclaircit la voix.

— Tu sais, Florence, je ne te l'ai jamais dit, mais je n'ai pas été une adolescente très facile à vivre.

— Je m'en doutais. Alors… vas-tu te décider à m'en parler, un jour ?

Sylvie se concentra à nouveau sur le carton.

— Un jour, peut-être.

Il y eut un long silence.

— Est-ce que tu penses encore à lui et, euh… enfin, à tout ce qui est arrivé ?

Florence tourna le dos à sa mère.

— Mmmouais. Parfois.

— Tu verras, ce sera plus facile bientôt.

Florence se retourna.

— Tu penses ?

— Oui. C'est difficile à expliquer, commença sa mère, mais disons que si les mauvais souvenirs ne disparaissent jamais complètement, ils deviennent une partie de nous-même. Un bout de notre histoire. Puis, tout naturellement, on poursuit sa route.

Florence hocha la tête. Elle examina la photo de sa mère. En prenant les ciseaux sur la table, elle songea un instant à n'en conserver que la partie où apparaissaient le visage et le torse. Puis elle déposa les ciseaux. Le ciel de la photo était d'un bleu vif. Il allait s'intégrer parfaitement au collage.

— Je crois que je vais m'en sortir, dit-elle doucement.

Sylvie sourit. Pendant une seconde, Florence pensa qu'elle allait lui parler de lécithine ou d'énergie *chi*, mais elle resta silencieuse.

— Tu sais, maman, ce qui m'inquiète, c'est les autres filles. Celles qui vont aussi craquer pour des gars comme Étienne et qui vont se faire prendre… enfin, tu sais… au piège. Je suis pas encore prête à entamer des poursuites contre lui – pas maintenant –, mais je pense souvent à ces filles.

Sylvie hocha la tête à son tour.

— Moi aussi, je pense à elles. Et je me suis dit que peut-être un jour – quand tu seras prête – tu pourrais faire quelque chose pour les aider.

— Tu veux dire en allant le dénoncer à la police ?

— Il y a ça, bien sûr. Mais il y a autre chose aussi… Quelque chose qui pourrait être véritablement marquant dans la vie de ces filles.

Florence leva les yeux vers sa mère.

— Quoi donc ?

— Leur raconter ton histoire.

Elles échangèrent un regard.

— Ouais. Un jour, peut-être, répondit Florence.

REMERCIEMENTS

Je remercie tout particulièrement James Lorimer qui a cru que cette histoire méritait d'être racontée. Merci aussi aux nombreuses personnes qui m'ont fait profiter de leur connaissance du monde de la prostitution : Michel Dorais, professeur de travail social à l'Université Laval et expert lors des procès de plusieurs proxénètes de Québec impliqués dans la prostitution juvénile ; l'agent de police T. M. ; Phebeth Dawkins et Peter Desmier, éducateurs au Batshaw Youth and Family Centre à Montréal ; aux habitués du salon de cigares de Peter et aux travailleuses du sexe qui ont accepté de me parler sous le couvert de l'anonymat.

Je remercie également Hadley Dyer, un éditeur formidable, ainsi que toute l'équipe de chez James Lorimer ; le juge Maximilien Polak, mon père, pour avoir partagé avec moi son expérience du système judiciaire criminel ; lui et ma mère, Céline Polak, pour avoir lu la première ébauche de ce livre ; mes élèves, pour m'avoir guidée dans ma description de la scène de la fête ; Jessica Haberman, pour m'avoir enseigné des mouvements de danse ; Rhea Westover et Deena Sacks, pour avoir lu la première ébauche ; Viva Singer, pour être restée près de moi et pour avoir échangé avec moi tout au long du récit, un chapitre à la fois ; ma fille, Alicia Melamed, pour avoir toujours répondu à la question « Comment trouves-tu ce passage ? » ; mes amies écrivaines Rina Singh, Claire Holden Rothman et Elaine Kalman Naves, pour leurs encouragements et leur exemple d'excellence. Enfin, j'adresse un merci tout particulier à mon mari, Michael Shenker, un homme doux et brillant dont l'amour et le soutien rendent possible mon travail d'auteure.

L'AUTEURE

Monique Polak est une collaboratrice régulière du quotidien montréalais *The Gazette* et du *Montreal Business Magazine*. Elle a aussi signé des textes dans plusieurs autres publications d'importance tels le *Globe and Mail*, le *National Post* et le *Newsday*. Elle vit à Montréal avec son mari et sa fille, où elle enseigne l'écriture et la littérature anglaise. *Poupée* s'inspire des histoires de plusieurs adolescentes de Québec qui ont été happées par la prostitution.

PARKOUR
C'EST AUSSI...

Kat ne se laissera plus jamais dominer par sa sœur. Elle se l'est promis. Elle se l'est juré. Pour se sentir vivre, Kat prend des risques. Elle traverse une ligne. Sans retour ?

Les éditions de la courte échelle inc.
160, rue Saint-Viateur Est, bureau 404
Montréal (Québec) H2T 1A8
www.courteechelle.com

Traduction : Hélène Pilotto
Suivi littéraire : Isabelle Castonguay
Révision : Céline Bouchard

Dépôt légal, 1er trimestre 2011
Bibliothèque nationale du Québec

Édition originale : *On the game*

La courte échelle reconnaît l'aide financière du gouvernement du Canada
par l'entremise du Fonds du livre du Canada pour ses activités d'édition.
La courte échelle est aussi inscrite au programme de subvention globale
du Conseil des Arts du Canada et elle reçoit l'appui du gouvernement du Québec
par l'intermédiaire de la SODEC. La courte échelle tient également à remercier le
gouvernement du Canada de son soutien financier pour ses activités de traduction
dans le cadre du Programme national de traduction pour l'édition du livre.

La courte échelle bénéficie du Programme de crédit d'impôt pour l'édition de livres
— Gestion SODEC — du gouvernement du Québec.

**Catalogage avant publication de Bibliothèque et Archives nationales
du Québec et Bibliothèque et Archives Canada**

Polak, Monique
[On the game. Français]
Poupée
(Parkour)
Traduction de : On the game.
Pour les jeunes de 12 ans et plus.
ISBN 978-2-89651-498-4

I. Pilotto, Hélène. II. Titre. III. Titre : On the game. Français.

PS8631.O43O514 2011   jC813'.6   C2010-942517-0
PS9631.O43O514 2011

Imprimé au Canada